EL PAN DE LA GUERRA

DEBORAH ELLIS

{✶}{✶}{✶}

El pan de la guerra

Traducido por Herminia Bevia
y Elena Iribarren

UN LIBRO TIGRILLO
GROUNDWOOD BOOKS
DOUGLAS & McINTYRE
TORONTO VANCOUVER BERKELEY

Groundwood Books / Douglas & McIntyre
720 Bathurst Street, Suite 500, Toronto, Ontario M5S 2R4

Distribuido en los Estados Unidos por Publishers Group West
1700 Fourth Street, Berkeley, CA 94710

ONTARIO ARTS COUNCIL
CONSEIL DES ARTS DE L'ONTARIO

Agradecemos el apoyo financiero otorgado a nuestro programa de publi-
caciones por el Canada Council for the Arts, el gobierno de Canadá por
medio del Book Publishing Industry Development Program (BPIDP), el
Ontario Arts Council y el gobierno de Ontario por medio del Ontario
Media Development Corporation's Ontario Book Initiative.

Ellis, Deborah
[Breadwinner. Spanish]
El pan de la guerra / por Deborah Ellis

Translation of: The breadwinner.
ISBN 0-88899-592-X

I. Title. II. Title: Breadwinner. Spanish.
PS 8559.L5494B7318 2004   jC813'.54   C2003-906921-4

Diseño de Michael Solomon
Ilustración de la portada de Pascal Milelli
Impreso y encuadernado en Canadá

A los niños de la guerra.

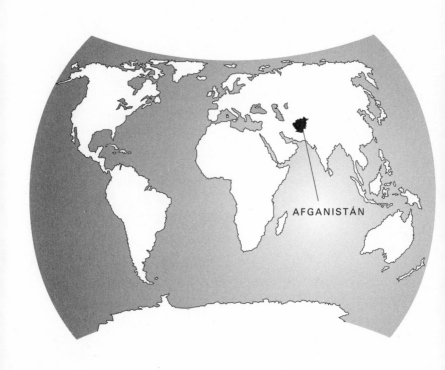

AFGANISTÁN

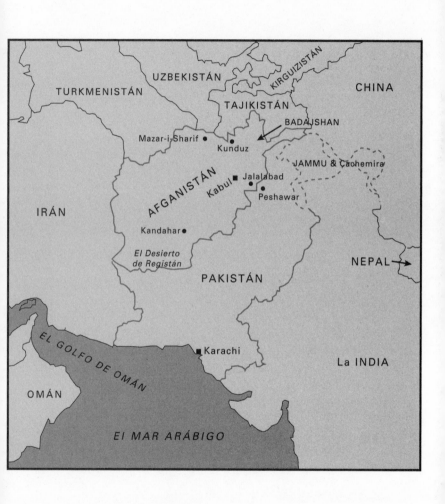

UNO

—Yo puedo leer esa carta tan bien como mi padre —susurró Parvana entre los pliegues de su *chador*—. Bueno, casi igual de bien.

No se atrevía a decirlo en voz alta. El hombre que estaba sentado junto a ellos no quería oír su voz. Ni ninguno de los que se encontraban en el mercado de Kabul. Parvana sólo ayudaba a su padre a llegar hasta allí, y le acompañaba de vuelta a casa después del trabajo. Se sentaba en el extremo más alejado de la manta, con la cabeza y la mayor parte del rostro cubiertos.

En realidad, se suponía que no debía salir. Los *talibanes* habían ordenado que todas las mujeres y niñas de Afganistán permanecieran en sus casas. Incluso, les habían prohibido a las niñas asistir a la escuela. Parvana había tenido que dejar el colegio en sexto y su hermana

Nooria no había podido seguir la Secundaria. A su madre la habían echado a patadas de su trabajo como guionista en una emisora de radio de Kabul. Llevaban ya más de un año todos hacinados en una habitación; también la pequeña Maryam, que tenía cinco años, y Alí, que tenía dos.

Parvana salía unas horas al día para ayudar a caminar a su padre. Le encantaba estar fuera, aunque eso significaba que tenía que pasarse horas sentada en una manta extendida sobre el duro suelo del mercado. Al menos tenía algo que hacer. Incluso se había acostumbrado a permanecer en silencio y a ocultar su cara.

No abultaba mucho para sus once años. Como parecía más pequeña, normalmente podía andar por la calle sin que la interrogaran.

—Necesito a esta niña para que me ayude a andar —decía su padre señalándose la pierna si un talibán le preguntaba.

La había perdido cuando el colegio donde daba clases fue bombardeado. También tenía otras lesiones. A menudo se sentía cansado.

—No tengo más hijo varón que un niño muy pequeño —explicaba.

Parvana se encogía aún más encima de la

manta e intentaba parecer menor. Le daba miedo mirar a los soldados. Había visto lo que hacían, en especial a las mujeres; el modo en que azotaban y golpeaban a quien querían castigar.

Sentada en el mercado, día tras día, había visto muchas cosas. Cuando rondaban por allí los *talibanes*, lo que más deseaba era volverse invisible.

El cliente le pidió a su padre que leyese la carta otra vez.

—Léemela despacio, así podré recordarla para mi familia.

A Parvana le habría gustado también recibir una carta. Hacía poco tiempo que el correo había empezado a funcionar de nuevo en Afganistán, después de haber estado varios años interrumpido por la guerra. Muchas de sus amigas habían abandonado el país con sus familias. Creía que estaban en Pakistán, pero no estaba segura, así que no podía comunicarse con ellas. Su propia familia se había mudado tan a menudo a causa de las bombas que sus amigas ya no sabrían dónde encontrarla.

—Los afganos cubren la tierra como las estrellas el cielo —decía con frecuencia su padre.

Terminó de leerle la carta al hombre por segunda vez. El cliente le dio las gracias y le pagó.

—Te buscaré cuando necesite contestar.

La mayoría de la gente en Afganistán no sabía leer ni escribir. Parvana sí, era una de las pocas afortunadas. Sus padres habían ido a la universidad y eran partidarios de una educación universal, incluso para las niñas.

Los clientes llegaban y se iban según iba transcurriendo la tarde. La mayoría hablaba *dari*, el idioma que mejor conocía Parvana. Ella entendía bastante si utilizaban el *pastún*, pero no todo. Sus padres dominaban también el inglés. Su padre había ido a una universidad en Inglaterra. Eso fue hace mucho tiempo.

El mercado era un lugar muy concurrido. Los hombres hacían las compras para sus familias y los comerciantes voceaban sus mercancías y servicios. Algunos, como el vendedor de té, tenían su propio tenderete. Como no podía moverse de su sitio, empleaba a algunos chicos que corrían de un lado para otro por el laberinto del mercado llevando té a aquellos vendedores que tampoco podían abandonar sus puestos.

—Eso podría hacerlo yo —susurró Parvana.

Le habría gustado pasear por la zona, conocer sus calles sinuosas tan bien como las cuatro paredes de su casa.

Su padre se volvió para mirarla.

—Preferiría verte en el patio de una escuela.

Se dio de nuevo la vuelta para llamar la atención de los viandantes.

—¡Se escribe! ¡Se lee! ¡*Pastún* y *dari*! ¡Preciosos objetos a la venta!

Parvana frunció el ceño. ¡Si no estaba en la escuela no era por su culpa! También ella habría preferido eso a estar incómodamente sentada en la manta, haciéndose polvo la espalda y el trasero. Echaba de menos a sus amigas, su uniforme azul y blanco, y aprender cosas nuevas todos los días.

La Historia era su asignatura favorita, en especial la Historia de Afganistán. Todo el mundo había pasado por su país. Los persas habían llegado hacía 4000 años. También Alejandro Magno, y luego los griegos, los árabes, los turcos, los ingleses y, por último, los soviéticos. Uno de esos conquistadores, Tamerlán, que procedía de Samarkanda, decapitaba a sus enemigos y amontonaba las cabezas en grandes pilas, como melones en un puesto de fruta. Toda aquella gente había llegado al hermoso país de

Parvana para intentar apoderarse de él, ¡pero los afganos los habían echado a patadas!

Y ahora su país estaba gobernado por las milicias *talibanas*. Eran afganos y tenían ideas muy definidas acerca de cómo debían funcionar las cosas. Al principio, cuando tomaron la capital, Kabul, y prohibieron a las niñas acudir al colegio, Parvana no se lo tomó demasiado mal. Faltaba poco para un examen de Aritmética que no había preparado, y volvía a tener problemas por hablar en clase. La profesora iba a enviar una nota a su madre, pero los *talibanes* se adelantaron.

—¿Por qué lloras? —le había preguntado a Nooria, que parecía no poder contener las lágrimas—. A mí me parece estupendo que nos den unas vacaciones.

Parvana estaba segura de que los *talibanes* las dejarían volver a la escuela al cabo de unos cuantos días. Para entonces, su profesora habría olvidado por completo la nota acusadora que quería escribir a su madre.

—¡Eres una estúpida! —había gritado Nooria—. ¡Déjame en paz!

Una de las dificultades que se tienen al vivir con toda tu familia en una habitación es que resulta absolutamente imposible estar solo. Fuese donde fuese Parvana, allí estaba Nooria. Y fuese donde fuese Nooria, allí estaba Parvana.

Sus padres pertenecían a antiguas y respetables familias afganas. Gracias a su educación ganaban buenos sueldos. Habían tenido una casa grande con jardín, dos criados, televisión, refrigerador y un coche. Nooria tenía su propia habitación. Parvana compartía una con su hermana pequeña, Maryam. Ésta no paraba de parlotear, pero a Parvana le parecía maravillosa. A veces era estupendo estar lejos de Nooria.

La casa había sido destruida por una bomba. Desde entonces, su familia se había mudado varias veces, siempre a un lugar más pequeño. Cada vez que su hogar era atacado perdían más cosas. Se volvían más pobres con cada bomba que caía. Ahora vivían todos juntos en una habitación diminuta.

Afganistán llevaba más de veinte años en guerra, el doble de la edad de Parvana.

Al principio fueron los soviéticos los que invadieron el país con sus grandes tanques y los que enviaron aviones de guerra para bombardear pueblos y campos.

Parvana había nacido un mes antes de que los invasores comenzaran a retirarse.

—Eras una niña tan horrenda que los soviéticos no soportaban estar en el mismo sitio que tú —Nooria disfrutaba repitiéndolo—. Se marcharon horrorizados atravesando la frontera tan rápido como sus tanques se lo permitieron.

Después de que se fueran, los mismos hombres que los habían estado combatiendo decidieron que querían seguir disparándole a algo; así que se mataron los unos a los otros. Durante esa época cayeron muchas bombas en Kabul. Murió mucha gente.

Las bombas siempre habían formado parte de la vida de Parvana. Cada día, cada noche, caían proyectiles del cielo y explotaba la casa de alguien.

La gente corría. Primero en una dirección, luego en otra, siempre intentando encontrar un lugar donde no pudieran ser alcanzados. Cuando era pequeña, a Parvana la llevaban en brazos. Luego creció y tuvo que arreglárselas sola.

Ahora, la mayor parte del país estaba controlada por los *talibanes*. La palabra talibán significa «estudiante religioso», pero su padre le había explicado que la religión trataba de enseñar a las personas a ser mejores, a ser más bondadosas.

—¡Los *talibanes* no están haciendo de Afganistán un lugar mejor para vivir! —decía.

Aunque todavía caían bombas en Kabul, no lo hacían con tanta frecuencia como antes. El norte del país aún estaba en guerra, y era allí donde se producía la mayor parte de las muertes en aquellos momentos.

Llegaron y se fueron otros cuantos clientes, y su padre le propuso dar por terminado el trabajo.

Parvana se puso de pie, de un salto, y cayó al suelo. Se le había dormido un pie. Lo masajeó y volvió a intentarlo. Esta vez consiguió mantenerse erguida.

Recogió primero todos los objetos que tenían para vender: platos, almohadas, adornos de la casa que habían sobrevivido a los bombardeos. Como muchos afganos, vendían lo que podían. Su madre y Nooria andaban permanentemente rebuscando entre las pertenencias familiares para ver de qué podían prescindir. Había tanta gente vendiendo cosas en Kabul que a Parvana le extrañaba que aún quedase alguien que quisiera comprarlas.

Su padre guardó sus lápices y el papel de escribir en la bolsa que llevaba al hombro. Apoyado en su muleta y tomado del brazo de Parvana, se levantó lentamente. Ésta sacudió el polvo de la manta y la dobló. Emprendieron el camino.

En distancias cortas, su padre podía arreglárselas solo con su muleta. En recorridos más largos, necesitaba apoyarse en ella.

—Tienes el tamaño justo —decía.

—¿Y qué pasará cuando crezca?

—¡Pues que creceré contigo!

Su padre tenía antes una pierna artificial, pero la había vendido. No tenía la intención de hacerlo. Las piernas ortopédicas se hacen a la medida, y la que sirve para una persona no tiene por qué servirle necesariamente a otra. Pero un cliente la vio en la manta, se olvidó de los otros objetos que había a la venta, y se empeñó en comprarla. Le ofreció tanto dinero que su padre finalmente cedió.

Ahora había un montón de piernas ortopédicas a la venta en el mercado. Desde que los *talibanes* habían decretado que las mujeres tenían que permanecer en sus casas, muchos maridos se las habían quitado a sus esposas.

—No puedes ir a ninguna parte. ¿Para qué la necesitas? —preguntaban.

Por todo Kabul había edificios bombardeados. En vez de tener casas y negocios, los barrios sólo tenían ladrillos y polvo.

En otro tiempo, Kabul fue hermoso. Nooria recordaba las aceras, los semáforos que cambiaban de color, las salidas nocturnas a restaurantes y al cine o, simplemente, a mirar los escaparates de ropa y libros de las tiendas elegantes.

La ciudad había estado en ruinas durante la mayor parte de la vida de Parvana y le resultaba difícil imaginarla de otro modo. Le dolía escuchar historias del antiguo Kabul, antes de los bombardeos. No quería pensar en nada de lo que las bombas le habían arrebatado, incluyendo la salud de su padre y su preciosa casa. La ponía furiosa, y como no podía hacer nada con su rabia, se entristecía.

Abandonaron la zona más populosa del mercado y doblaron por una calle lateral hacia su bloque de apartamentos. Parvana guiaba a su padre con cuidado a través de los profundos cráteres y socavones que había en el camino.

—¿Cómo se las arreglan las mujeres con

burkas para andar por estas calles? —preguntó Parvana—. ¿Cómo hacen para ver por dónde van?

—Tropiezan muchas veces —contestó su padre.

Tenía razón. Parvana las había visto caerse.

Miró hacia su montaña favorita. Se alzaba majestuosa al final de su calle.

—¿Cómo se llama esa montaña? —había preguntado al poco de haberse mudado al nuevo barrio.

—Es el monte Parvana.

—No es cierto —había exclamado Nooria con desdén.

—No deberías mentirle a la niña —dijo su madre.

Toda la familia había salido de paseo antes de la llegada de los *talibanes*. Su madre y Nooria llevaban pañuelos ligeros en el pelo. El sol de Kabul les daba en la cara.

—Son las personas las que ponen nombre a las montañas. Yo soy una persona y bautizo a ésta con el de Parvana —dijo su padre.

Su madre se había dado por vencida, riendo. Su padre también se echó a reír, al igual que Parvana y la pequeña Maryam, que ni siquiera sabía el motivo. Hasta la gruñona de Nooria se les unió. El sonido de la risa familiar ascendió por el monte Parvana y su eco regresó hasta la calle.

Ahora Parvana y su padre subían lentamente las escaleras del edificio. Vivían en el tercer piso de un bloque de apartamentos que había sido alcanzado durante un ataque de proyectiles, quedando en parte reducido a escombros.

Las escaleras, que ascendían en zigzag por el exterior, también habían sido dañadas por las bombas, y en algunos lugares habían desaparecido por completo. En otros, sólo quedaba la barandilla.

—Nunca te apoyes —le repetía su padre una y otra vez a Parvana.

Para su padre era más fácil subir que bajar pero, aun así, les llevaba mucho tiempo hacerlo.

Finalmente llegaron a la puerta de su hogar, y entraron.

DOS

Su madre y Nooria estaban otra vez haciendo la limpieza. Su padre besó a Alí y a Maryam, y se fue al baño para quitarse el polvo del pie, la cara y las manos. Luego se tendió a descansar en el *toshak*.

Parvana dejó los bultos en el suelo, y empezó a quitarse el *chador*.

—Necesitamos agua —dijo Nooria.

—¿Puedo antes sentarme un rato? —le preguntó Parvana a su madre.

—Descansarás mejor cuando hayas terminado tus tareas. Ve ahora. El depósito está casi vacío.

Parvana rezongó. Tendría que hacer cinco viajes hasta el grifo del agua. Seis, porque a su madre no le gustaba ver la cubeta vacía.

—Si lo hubieras hecho ayer cuando mamá te lo pidió, no tendrías que cargar tanto hoy —dijo Nooria cuando Parvana pasó a su lado para recoger la cubeta.

Nooria le sonrió con superioridad de hermana mayor mientras se echaba el pelo hacia atrás, sobre los hombros. A Parvana le habría gustado darle una buena patada. Nooria tenía un pelo precioso, largo y voluminoso. El de Parvana era fino y lacio. Le habría gustado tenerlo como el de su hermana, y Nooria lo sabía.

Parvana gruñó durante todo el camino, mientras bajaba las escaleras y se dirigía al grifo de su barrio. El viaje de vuelta a casa con la cubeta llena resultó todavía peor; especialmente cuando tuvo que subir los tres pisos. Aunque estar enfadada con Nooria le daba fuerzas; así que Parvana siguió gruñendo.

—Nooria nunca va a buscar agua, ni mamá tampoco. Ni Maryam. ¡Ella no hace nada!

Parvana sabía que estaba diciendo tonterías, pero igual siguió rezongando. Maryam sólo tenía cinco años y no podía cargar con una cubeta vacía escaleras abajo, y menos aún subir con una llena. Y su madre y Nooria tenían que ponerse los *burkas* cada vez que salían; no podían llevar una carga de agua por esas escaleras rotas vestidas así. Además, era peligroso que las mujeres salieran a la calle sin ir acompañadas de un hombre.

Parvana sabía que le tocaba a ella acarrear el agua porque no había nadie más en la familia que pudiese hacerlo. A veces, eso le dolía. Otras, se sentía orgullosa. Aunque había una cosa que tenía bien clara: no importaba lo que pensara. Estuviese de buen o de mal humor, había que ir a buscar agua, y tenía que hacerlo ella.

Finalmente, cuando el tanque y la cubeta se llenaron, Parvana pudo quitarse las sandalias, colgar el *chador* y descansar. Se sentó en el suelo al lado de Maryam, y se quedó mirando cómo dibujaba su hermana.

—Lo haces muy bien. Un día venderás tus dibujos por un montón de dinero. Seremos muy ricos, viviremos en un palacio y tú llevarás vestidos de seda azul.

—Verde —dijo Maryam.

—Verde —cedió Parvana.

—En lugar de estar ahí sentada podrías ayudarnos.

Su madre y Nooria estaban limpiando otra vez el armario.

—¡Lo limpiaron hace tres días!

—¿Vas a ayudarnos o no?

«No», pensó Parvana, pero se levantó. Su

madre y Nooria siempre estaban limpiando algo. Como no podían trabajar, ni ir al colegio, no tenían mucho más que hacer.

—Los *talibanes* han dicho que nos tenemos que quedar en casa, pero eso no significa que tengamos que vivir en medio de la suciedad —le gustaba decir a su madre.

Parvana detestaba tanta limpieza. Derrochaban el agua que ella tenía que ir a buscar. Lo peor era cuando Nooria se lavaba el pelo.

Parvana ojeó la pequeña habitación. Todos los muebles que recordaba de sus otras casas habían sido destruidos por las bombas, o robados por saqueadores. El único que les quedaba era uno alto de madera que ya estaba en la habitación cuando la alquilaron. Contenía las escasas pertenencias que habían conseguido salvar. Pegados a la pared había dos *toshaks*. Ése era todo el mobiliario. Antes tenían hermosas alfombras afganas. Parvana recordaba cómo recorría los intrincados dibujos con los dedos cuando era más pequeña. Ahora sólo había esteras baratas sobre el suelo de cemento.

Parvana podía cruzar la habitación contando diez pasos en una dirección, y doce en la otra. Normalmente se encargaba de barrer la estera con su pequeña escoba. Conocía cada uno de sus centímetros.

Al fondo del cuarto estaba el baño. Era una habitación minúscula con una tarima como inodoro. ¡Nada que ver con el moderno de tipo occidental que tenían antes! Guardaban allí la cocinita de gas porque había un pequeño agujero en lo alto de la pared por donde circulaba aire fresco. También estaba allí el depósito del agua —un tambor de metal en el que cabían cinco cubetas— y, a su lado, el lavabo.

En la parte del edificio que todavía se mantenía en pie, vivían otras personas. Parvana las veía cuando iba a buscar agua o se dirigía con su padre al mercado.

—Tenemos que mantener la distancia —decía su padre—. Los *talibanes* animan a la gente a que espíe a sus vecinos. Es más seguro no relacionarse con nadie.

Será más seguro, pensaba Parvana a menudo, pero también más triste. Quizá, justo ahí al lado, había otra chica de su edad, pero nunca lo llegaría a descubrir. Su padre tenía sus libros, Maryam jugaba con Alí, Nooria tenía a su madre; pero Parvana no tenía a nadie.

Su madre y Nooria habían limpiado cada

una de las repisas del mueble, y ahora estaban colocándolo todo otra vez.

—Ahí tienes un montón de cosas para que tu padre las venda en el mercado. Ponlas junto a la puerta —ordenó su madre.

La vibrante tela roja atrajo la atención de Parvana.

—¡Mi *shalwar kameez* bueno! ¡No podemos venderlo!

—Yo decido lo que vendemos, no tú. Ya no sirve para nada, a menos que tengas pensado ir a alguna fiesta y no te hayas molestado en decírmelo.

Parvana sabía que no tenía sentido discutir. Desde que la habían obligado a dejar el trabajo, el carácter de su madre había ido empeorando cada día.

Parvana puso la prenda con las demás cosas, junto a la puerta. Recorrió con los dedos los intrincados bordados. Había sido un regalo de *Eid* de parte de su tía, que vivía en Mazar-i-Sharif, una ciudad del norte de Afganistán. Esperaba que ésta se enfadara con su madre por haberlo vendido.

—¿Por qué no vendemos las ropas bonitas de Nooria? Ella no va a ninguna parte.

—Las necesitará cuando se case.

Nooria miró a Parvana con aires de superioridad. Como insulto añadido agitó la cabeza para lucir su larga melena.

—Compadezco a quien se case contigo —dijo Parvana—. Se llevará por esposa a una presuntuosa.

—Ya está bien —intervino su madre.

Parvana estaba furiosa. Su madre siempre se ponía de parte de Nooria. Parvana odiaba a Nooria y también habría odiado a su madre si no lo fuera.

Su furia se esfumó cuando la vio tomar el paquete con la ropa de Hossain para volver a ponerlo en la repisa superior. Siempre se ponía triste cuando tocaba la ropa de Hossain.

Nooria no siempre había sido la mayor. Hossain fue el hermano mayor. Lo había matado una mina cuando tenía catorce años. Sus padres nunca hablaban de él. Recordarlo les resultaba demasiado doloroso. Nooria le había contado algunas cosas a Parvana en una de las pocas ocasiones en las que hablaban.

Hossain se reía mucho y siempre intentaba convencer a Nooria de que jugaran juntos, aunque fuera una chica.

—No te hagas la princesa —le decía—. ¡Jugar un poco de fútbol te sentará bien!

Según contaba Nooria, a veces cedía y jugaba. Y Hossain siempre le lanzaba la pelota de modo que ella pudiera pararla y devolvérsela.

—Te tomaba mucho en brazos y jugaba contigo —le dijo Nooria a Parvana—. Al parecer, le gustabas. ¡Imagínate!

Por las historias que contaba Nooria, Parvana tenía la impresión de que a ella también le habría gustado Hossain.

Al ver la congoja en el rostro de su madre, Parvana se olvidó de su enfado y ayudó en silencio a preparar la cena.

La familia comía al estilo afgano, sentada alrededor de un mantel de plástico extendido en el suelo. La comida siempre les animaba, y se relajaban después de comer.

En un momento dado, sabía Parvana, se produciría una señal secreta entre su madre y Nooria, y las dos se pondrían en pie, al mismo tiempo, para empezar a recoger. Parvana no tenía ni idea de cómo lo hacían. Las vigilaba en espera de algún gesto, pero nunca fue capaz de ver nada.

Alí estaba adormilado en el regazo de su

madre, con un trozo de pan en la mano. De vez en cuando se daba cuenta de que se estaba quedando dormido, y reaccionaba como si no le gustara la idea de estarse perdiendo algo. Intentaba levantarse, pero su madre lo sujetaba con fuerza. Después de luchar un rato, se daba por vencido y volvía a quedarse dormido.

Su padre, que parecía más descansado después de una breve siesta, se había puesto su mejor *shalwar kameez* blanco. Llevaba la larga barba cuidadosamente peinada. A Parvana le pareció que estaba muy guapo.

Al principio, cuando los *talibanes* habían ordenado que todos los hombres se dejaran crecer la barba, a Parvana le había costado acostumbrarse a su cara. Nunca antes la había llevado. También a él le había costado hacerse a ella. Al principio le picaba mucho.

Ahora les estaba contando relatos sacados de la Historia. Había sido profesor de esa asignatura antes de que bombardearan su colegio. Parvana había crecido oyendo sus relatos y por eso se le había dado tan bien la asignatura.

—Corría 1880 y los británicos intentaban apoderarse de nuestro país. ¿Queríamos los afganos que lo consiguieran? —le preguntó a Maryam.

—¡No! —replicó Maryam.

—Claro que no. Todo el mundo viene a Afganistán para intentar apoderarse de nuestro país, pero los afganos los echamos a patadas. Somos el pueblo más acogedor y hospitalario de la tierra. Para nosotros un invitado es un rey. Recuerden eso, chicas. Cuando un invitado llegue a tu casa debe tener lo mejor de lo mejor.

—O una invitada —dijo Parvana.

El padre le dirigió una sonrisa.

—O una invitada. Los afganos hacemos todo lo que está en nuestras manos para que nuestros huéspedes se sientan cómodos. Pero si alguien llega a nuestra casa o a nuestro país y se comporta como nuestro enemigo, entonces defendemos nuestro hogar.

—Padre, sigue contando la historia —le urgió Parvana. Ya la había oído antes, muchas veces, pero deseaba escucharla de nuevo.

Su padre sonrió.

—Habrá que enseñar a esta niña a tener un poco de paciencia —le dijo a su madre.

Parvana no necesitaba mirarla para saber que probablemente estaría pensando que, además de ésa, tendrían que enseñarle muchas otras cosas.

—Muy bien —accedió—. Sigamos con la historia. Era 1880. En el polvo que rodea a la ciudad de Kandahar, los afganos se enfrentaban a los ingleses. Era una batalla terrible. Muchos habían muerto. Los británicos iban ganando y los afganos estaban a punto de rendirse. Tenían la moral baja y no les quedaban ya fuerzas para seguir luchando. La rendición y la captura empezaban a parecerles una salida atractiva. Al menos podrían descansar y tal vez salvar la vida.

»De repente, una joven, más pequeña que Nooria, salió corriendo de una de las casas del pueblo. Llegó hasta la primera línea de fuego y se encaró con las tropas afganas. Se arrancó el velo de la cabeza y con el ardiente sol azotándole la cara y la cabeza desnudas, arengó a las tropas: "¡Podemos ganar esta batalla! —les gritó—. ¡No pierdan la esperanza! ¡Ánimo! ¡Vamos allá!". Agitando su velo en el aire como un estandarte de guerra, guió a los soldados en su asalto final contra los británicos. Los ingleses no tuvieron ni la menor oportunidad. Los afganos ganaron la batalla.

»La moraleja de esto, hijas mías —dijo mirando primero a una, y luego a la otra—, es que Afganistán siempre ha sido el hogar de las mujeres más valientes del mundo. Todas son herederas del arrojo de Malali.

—¡Podemos ganar esta batalla! —aulló Maryam, agitando el brazo como si sostuviera una bandera. Su madre puso a salvo la tetera.

—¿Cómo vamos a ser valientes? —preguntó Nooria—. Ni siquiera podemos salir a la calle. ¿Cómo podemos guiar a los hombres al combate? Ya he visto demasiada guerra. No quiero ver más.

—Hay muchos tipos de batallas —dijo con voz queda su padre.

—Incluida la de recoger los platos de la cena —apuntó su madre.

Parvana puso tal cara que su padre se echó a reír. Maryam intentó imitarla, lo que hizo que su madre y Nooria se rieran. Alí se despertó y al ver a todos riendo también se les unió.

Toda la familia se estaba riendo cuando cuatro soldados *talibanes* irrumpieron en la habitación.

Alí fue el primero en reaccionar. El ruido de la puerta al chocar contra la pared lo asustó, y dio un grito.

La madre se puso en pie de un salto y, en un instante, Alí y Maryam estaban bajo sus piernas, chillando, en un rincón del cuarto.

Nooria se cubrió por completo con su *chador* y se encogió hasta hacerse una bola. A veces, los soldados raptaban a las jóvenes. Se las llevaban de sus casas y su familia nunca volvía a saber de ellas.

Parvana no podía moverse. Se quedó sentada, como petrificada, en el extremo de la mesa. Los soldados eran gigantescos y sus largos turbantes les hacían parecer aún más altos.

Dos de ellos agarraron a su padre. Los otros dos empezaron a registrar el apartamento, arrojando los restos de la cena sobre la estera de una patada.

—¡Déjenlo en paz! —gritó la madre—. ¡No ha hecho nada malo!

—¿Por qué te fuiste a estudiar a Inglaterra? —le gritaban los soldados al padre—. ¡Afganistán no necesita tus ideas extranjeras!

Lo arrastraron hacia la puerta.

—Lo que Afganistán necesita es más bandidos analfabetas como ustedes —contestó el padre.

Uno de los soldados lo golpeó en la cara. La

sangre que le brotaba de la nariz chorreaba sobre su *shalwar kameez* blanco.

La madre se abalanzó sobre los soldados golpeándolos con los puños. Agarró del brazo a su marido e intentó que lo soltaran.

Uno de los soldados levantó el rifle y le dio en la cabeza. La madre cayó desplomada al suelo. Los soldados le pegaron varias veces más. Maryam y Alí gritaban con cada golpe que recibía en la espalda. Pero ver a su madre en el suelo hizo actuar a Parvana. Cuando los soldados se llevaban a rastras a su padre, le echó los brazos por la cintura. Y mientras los soldados la obligaban a soltarlo, oyó que su padre le decía:

—Cuida de los demás, mi Malali.

Luego se lo llevaron.

Parvana vio, impotente, cómo dos soldados lo arrastraban escaleras abajo, y cómo su precioso *shalwar kameez* se hacía jirones contra el áspero cemento. Luego dieron la vuelta a la esquina y los perdió de vista.

En la habitación, los otros dos militares estaban desgarrando los *toshaks* con sus cuchillos, y sacaban y tiraban las cosas que había en el armario.

¡Los libros de su padre! En la parte baja del mueble había un compartimiento secreto que habían construido para ocultar los pocos libros que no habían quedado destruidos en los bombardeos. Algunos, en inglés, eran de Historia y Literatura. Había que tenerlos bien escondidos porque los *talibanes* quemaban los que no les gustaban.

¡No podía permitir que descubrieran los libros de su padre! Los soldados habían empezado por la parte de arriba del armario y seguían hacia abajo. Ropa, sábanas, cacharros, todo terminaba en el suelo.

Cada vez estaban más cerca de la repisa inferior, la que tenía el falso fondo. Parvana vio horrorizada que los soldados se agachaban para sacar las cosas.

—¡Fuera de mi casa! —gritó.

Se abalanzó sobre ellos con tal fuerza que todos cayeron al suelo. Les dio con los puños hasta que la apartaron de un golpe. Oyó, más que sintió, la tunda de los bastones en su espalda. Se protegió la cabeza con los brazos hasta que los soldados dejaron de pegarle y se marcharon.

La madre se levantó y rodeó con sus brazos

a Alí. Nooria seguía hecha un ovillo, aterrorizada. Fue Maryam la que se acercó a ayudar a Parvana.

Al sentir el roce de las manos de su hermana, se respingó creyendo que se trataba de los soldados. Maryam se puso a acariciarle el pelo hasta que Parvana se dio cuenta de quién era. Se sentó. Le dolía todo. Maryam y ella se abrazaron, temblando.

No tenía ni idea de cuánto tiempo permanecieron así. Siguieron en el mismo sitio hasta mucho después, cuando Alí dejó de aullar y se durmió.

TRES

La madre lo acostó con cuidado en el único sitio libre que quedaba en el suelo. Maryam se había quedado también dormida y la llevaron al lado de su hermano.

—Limpiemos esto —dijo la madre.

Lentamente, pusieron la habitación en orden. A Parvana le dolían la espalda y las piernas. Su madre también se movía despacio, toda encogida.

Nooria y su madre volvieron a guardar las cosas en el armario. Parvana cogió la escoba y barrió el arroz desperdigado. Secaron el té derramado con un trapo. Los *toshaks* desgarrados tenían arreglo, pero eso podía esperar hasta mañana.

Cuando la habitación volvió a tener su aspecto normal, la familia, excepto el padre, extendió colchas y mantas en el suelo, y se acostó.

Parvana no podía dormir. Oía a su madre y

a Nooria que tampoco paraban de dar vueltas. Imaginaba, con cada ruido, que volvía su padre o los *talibanes*. Con cada sonido concebía esperanzas y temores al mismo tiempo.

Echaba de menos los ronquidos de su padre. Eran suaves y agradables. Durante los peores bombardeos de Kabul cambiaron varias veces de casa intentando encontrar un lugar seguro. Parvana se despertaba en plena noche y no recordaba dónde estaba. Sin embargo, en cuanto los oía, sabía que estaba a salvo.

Esta noche no había ronquidos.

¿Dónde estaría él? ¿Tendría un sitio blando donde dormir? ¿Pasaría frío? ¿Estaría hambriento? ¿O asustado?

Parvana nunca había estado en una prisión, pero tenía familiares que habían sido detenidos. Una de sus tías había sido arrestada, junto con cientos de estudiantes, por protestar contra la ocupación soviética. Todos los gobiernos afganos metían en la cárcel a sus enemigos.

—No eres de verdad afgano si no conoces a alguien que haya estado en la cárcel —decía su madre en ocasiones.

Nadie le había contado cómo era una cárcel.

—Eres demasiado joven para saber esas cosas —le repetían las personas mayores. Tenía que imaginárselo.

Sería fría, decidió Parvana, y oscura.

—¡Mamá, enciende la luz! —dijo incorporándose. De repente, había tenido una idea.

—¡Calla, Parvana! Despertarás a Alí.

—Enciende la luz —susurró—. Si lo sueltan, papá necesitará una luz en la ventana que lo guíe de vuelta a casa.

—¿Cómo va a caminar? Ha dejado aquí su muleta. Duérmete, Parvana. No estás ayudando nada.

Parvana volvió a echarse, pero no se durmió.

La única ventana que había en el cuarto era pequeña y estaba en lo alto de una de las paredes. Los *talibanes* habían ordenado que se pintaran todas de negro para que nadie pudiera ver a las mujeres que había en casa.

—Nosotros no lo haremos —había dicho su padre—. La ventana está muy alta y es tan pequeña que es imposible que puedan mirar por ella.

Hasta entonces no les había pasado nada por no pintarla.

Durante breves períodos, en días claros, el

sol entraba por allí formando un delgado chorro de luz. Alí y Maryam se sentaban bajo aquel rayo. La madre y Nooria se ponían junto a ellos y, por unos instantes, el sol les calentaba los brazos y la cara. Luego, la tierra continuaba su giro y el rayo de sol volvía a desaparecer.

Parvana mantenía la mirada clavada en el punto donde creía que estaba la ventana. La noche era tan oscura que no alcanzaba a distinguirla en la pared. Permaneció vigilante toda la noche hasta que la luz del alba alejó la oscuridad y la mañana se asomó por allí.

Con la primera luz, la madre, Nooria y Parvana dejaron de fingir que estaban dormidas. En silencio, para no despertar a los más pequeños, se levantaron y se vistieron.

Desayunaron un poco de *nan* que había quedado de la cena. Nooria empezó a calentar el agua para el té en la pequeña cocina de gas del baño, pero su madre la detuvo.

—Queda agua hervida de anoche. Beberemos ésa. No podemos esperar a que hierva el té. Parvana y yo vamos a sacar a papá de la cárcel.

Lo dijo como si dijera: «Parvana y yo vamos al mercado a comprar duraznos».

A Parvana se le cayó el *nan* de la boca sobre el mantel de plástico. Pero no discutió.

«Quizá pueda ver por fin cómo es una cárcel por dentro», pensó.

La prisión estaba muy lejos de su casa.

A los autobuses no podían subir las mujeres que no fueran acompañadas de un hombre. Tendrían que caminar durante todo el día. ¿Y si su padre estaba detenido en otro sitio? ¿Y si los *talibanes* las paraban en la calle? Se suponía que su madre no podía salir de casa sin un hombre, o sin una nota de su marido.

—Nooria, escribe una nota para mamá.

—No te molestes, Nooria. No pienso andar por mi propia ciudad con un papel prendido en mi *burka* como si fuese una niña de una guardería. ¡Tengo un título universitario!

—Escríbela de todos modos —le susurró Parvana a Nooria, mientras su madre estaba en el baño—. La llevaré yo en la manga.

Nooria estuvo de acuerdo. Su letra se parecía más a la de un adulto que la de Parvana. Escribió rápidamente: «Doy permiso a mi mujer para que salga». La firmó con el nombre de su padre.

—No creo que sirva de mucho —susurró

Nooria mientras le pasaba la nota a Parvana—. La mayoría de los *talibanes* no sabe leer.

Parvana no contestó. Dobló apresuradamente el papel y se lo guardó en la amplia embocadura de la manga.

De pronto, Nooria hizo algo poco habitual. Abrazó a su hermana.

—Vuelvan —murmuró.

Parvana no quería ir, pero sabía que quedarse sentada en casa esperando que volvieran resultaría aún peor.

—Deprisa, Parvana —dijo su madre—. Tu padre espera.

Parvana se calzó las sandalias y se enrolló el *chador* a la cabeza. Salió por la puerta con su madre.

Ayudarla a bajar las escaleras era un poco como ayudar a su padre; el ruedo del *burka* hacía difícil ver por dónde se pisaba.

Su madre titubeó. Parvana pensó que había cambiado de opinión. En un momento, no obstante, hizo de tripas corazón, enderezó la espalda y se lanzó a las calles de Kabul.

Parvana corrió detrás de ella. Tenía que correr para seguir el ritmo de los largos y rápidos pasos de su madre, porque no quería quedarse atrás. Había unas pocas mujeres por la calle y todas vestían el obligatorio *burka*, que las volvía idénticas. Si Parvana le perdía la pista, quizá nunca más volvería a encontrarla.

De vez en cuando, su madre se detenía junto a un hombre, una mujer, un pequeño grupo de hombres o, incluso, ante un niño que mendigaba, y les mostraba una foto del padre. No decía nada, se limitaba a enseñar el retrato.

Parvana contenía la respiración cada vez que ella lo hacía. Las fotografías eran ilegales. Cualquiera de esas personas podía entregarlas a los soldados.

Pero todo el mudo miraba la foto y luego negaba con la cabeza. Habían detenido a mucha gente. Muchos habían desaparecido. Sabían lo que preguntaba sin necesidad de que dijera nada.

La cárcel de Pul-i-Charkhi quedaba muy lejos de casa. Cuando por fin vieron la inmensa fortaleza, tenían las piernas doloridas, les ardían los pies y, lo peor de todo, Parvana estaba totalmente aterrorizada.

La prisión era siniestra y desagradable, e hizo que se sintiera aún más pequeña.

Sabía que Malali no habría tenido miedo.

Malali habría reunido un ejército y lo habría lanzado contra la prisión. Malali se habría relamido ante semejante desafío. Sus piernas no habrían temblado como las de Parvana.

Si su madre estaba asustada, no lo demostraba. Fue derecho a la puerta y les dijo a los guardias:

—Vengo a buscar a mi marido.

Los guardias la ignoraron.

—¡Vengo a buscar a mi marido! —repitió.

Sacó la foto del padre y la sostuvo delante de la cara de los guardianes.

—Lo detuvieron anoche. ¡No ha cometido ningún delito y exijo que lo dejen en libertad!

Empezaron a llegar otros guardias. Parvana dio un pequeño tirón al *burka* de su madre. Ella no le hizo caso.

—¡Vengo a buscar a mi marido! —repetía una y otra vez, cada vez más alto.

Parvana tiró con más fuerza de los holgados pliegues.

«Mantente firme, mi pequeña Malali». Escuchó, en su interior, la voz de su padre. De pronto, se sintió tranquila.

—¡Vengo a buscar a mi padre! —exclamó.

Su madre la miró a través de la rejilla que le

ocultaba los ojos. Estiró el brazo y tomó a Parvana de la mano.

—¡Vengo a buscar a mi marido! —volvió a decir.

Una y otra vez, Parvana y su madre proclamaron a voces la misión que las había llevado allí. Llegaron más hombres y se quedaron mirándolas.

—¡Silencio! —ordenó uno—. ¡No deberían estar aquí! ¡Largo! ¡Vuelvan a casa!

Uno de los soldados tomó la foto del padre de Parvana y la hizo trizas. Otro empezó a pegarle a su madre con un palo.

—¡Suelten a mi marido! —seguía diciendo.

Otro soldado se sumó a la paliza. Y también le pegó a Parvana.

Aunque no la había golpeado muy fuerte, cayó al suelo, cubriendo con su cuerpo los trozos de la fotografía rota. Veloz como el relámpago, los escondió bajo su *chador*.

Su madre también estaba en el suelo y los palos de los soldados caían sobre su espalda.

Parvana se puso en pie de un salto.

—¡Basta! ¡Basta ya! ¡Nos vamos! ¡Ya nos vamos!

Cogió del brazo a uno de los atacantes. Él

se la quitó de encima como si fuese una mosca.

—¿Quién eres tú para decirme lo que tengo que hacer? —dijo, pero bajó el bastón.

—¡Fuera de aquí! —les escupió.

Parvana se arrodilló, cogió a su madre del brazo y la ayudó a ponerse de pie. Despacio, con su madre apoyándose en ella, se alejaron de la prisión.

CUATRO

Era muy tarde cuando llegaron a casa. Parvana estaba tan cansada que tuvo que apoyarse en su madre para subir las escaleras, igual que hacía su padre cuando se recostaba en ella. No pensaba en otra cosa que no fuera el dolor que parecía inundar cada parte de su cuerpo, de la cabeza a los pies.

Los pies le ardían y escocían a cada paso. Cuando se quitó las sandalias pudo ver por qué. Poco acostumbrados a recorrer distancias tan largas, estaban cubiertos de ampollas. La mayoría había reventado y Parvana tenía los pies ensangrentados y en carne viva.

Los ojos de Nooria y Maryam se abrieron como platos. Y aún más cuando vieron los pies de su madre. Tenían, incluso, más heridas que los suyos.

Parvana cayó en la cuenta de que su madre no había salido de casa desde que los *talibanes* habían entrado en Kabul hacía un año y medio.

Podría haberlo hecho. Tenía un *burka* y su padre la habría acompañado siempre que hubiese querido. Muchos maridos estaban encantados de dejar a sus mujeres encerradas en casa, pero su padre no.

—Fatana, eres escritora —solía decir—. Tienes que salir a la ciudad y ver lo que está sucediendo. ¿Cómo podrás, si no, escribir acerca de ello?

—¿Y quién va a leer lo que escriba? ¿Me dejarán publicarlo? No. Entonces, ¿para qué escribir y para qué mirar? Además, esto no durará mucho. Los afganos son fuertes y listos. Echarán a esos *talibanes*. Cuando eso ocurra, cuando tengamos un gobierno decente en Afganistán, volveré a salir. Hasta entonces, me quedaré aquí.

—Cuesta trabajo lograr un gobierno así —decía el padre—. Tú eres escritora. No puedes dejar de cumplir con tu tarea.

—¡Si nos hubiéramos ido de Afganistán cuando tuvimos la ocasión de hacerlo, podría estar haciendo mi trabajo!

—Somos afganos. Éste es nuestro hogar. Si toda la gente con educación se marcha, ¿quién reconstruirá el país?

Los padres de Parvana tenían esta discusión con frecuencia. Cuando toda la familia vive en una habitación, pocos secretos puede haber.

La madre tenía los pies tan destrozados por la larga caminata, que apenas pudo llegar a la habitación. Parvana había estado tan ensimismada en su propio dolor y cansancio, que ni siquiera se había parado a pensar en lo que estaría sintiendo su madre.

Nooria intentó ayudarla, pero su madre la alejó con un gesto. Dejó el *burka* en el suelo. Su rostro estaba cubierto por las lágrimas y el sudor. Se dejó caer en el mismo *toshak* en el que el padre había estado echado ayer.

Estuvo llorando durante mucho, mucho tiempo. Nooria le limpió el lado de la cara que no tenía hundido en la almohada. Le limpió las heridas de los pies.

La madre actuaba como si Nooria no estuviera allí. Finalmente, Nooria le echó una manta ligera por encima. Pasó mucho tiempo antes de que sus sollozos dejaron de oírse y se quedó dormida.

Mientras Nooria intentaba atender a su madre, Maryam hacía lo mismo con Parvana.

Mordiéndose la lengua, con cara de concentración, llevó una palangana con agua hasta donde estaba sentada. No desperdició ni una gota. Le limpió la cara con un trapo que no había sido capaz de escurrir del todo. El agua que goteaba le corría a Parvana por el cuello. Hacía que se sintiera bien. Metió los pies en la palangana y eso también le resultó agradable.

Mantuvo los pies dentro del agua mientras Nooria preparaba la cena.

—No quisieron decirnos nada sobre nuestro padre —le contó Parvana a su hermana—. ¿Qué vamos a hacer? ¿Cómo haremos para encontrarlo?

Nooria comenzó a decir algo, pero Parvana ni se enteró. Empezó a sentirse pesada, se le cerraban los ojos, y cuando se dio cuenta ya era de día.

Parvana oyó cómo preparaban el desayuno.

«Debería levantarme y echar una mano», pensó; pero era incapaz de moverse.

Se había pasado toda la noche en duermevela, entrando y saliendo de sueños llenos de soldados. Gritaban y la golpeaban. En el sueño ella les pedía que soltasen a su padre, pero de sus labios no salía ningún sonido. Incluso había gritado: «¡Yo soy Malali! ¡Soy Malali!», pero no le hacían caso.

La peor parte del sueño fue ver cómo le pegaban a su madre. Era como si Parvana estuviese contemplando desde lejos, muy lejos, sin poder llegar hasta ella para ayudarla a levantarse.

Parvana se incorporó bruscamente. Luego, se tranquilizó cuando vio a su madre sobre el *toshak* que estaba al otro lado de la habitación. No pasaba nada. Su madre estaba allí.

—Te acompañaré al baño —le ofreció Nooria.

—No necesito ayuda —contestó Parvana.

Sin embargo, cuando intentó levantarse, el dolor en sus pies era terrible. Sería más fácil aceptar el ofrecimiento de Nooria y apoyarse en ella para atravesar el cuarto y llegar al baño.

—En esta familia todo el mundo se apoya en todos los demás —dijo Parvana.

—¿Eso crees? —preguntó Nooria—. ¿Y en quién me apoyo yo?

Era un comentario tan del estilo de Nooria que al instante Parvana se sintió un poco mejor. Si Nooria se quejaba, era porque las cosas estaban volviendo a la normalidad.

Se sintió aún mejor despúes de lavarse la cara y el pelo. Cuando terminó, había arroz frío y té caliente esperándola.

—¿Quieres desayunar algo, mamá?

Nooria sacudió con delicadeza a su madre. Ésta refunfuñó un poco y la rechazó.

A excepción de los viajes al baño y un par de tazas de té del termo que Nooria le había dejado junto al *toshak*, la madre se pasó todo el día echada. De cara a la pared y sin dirigir la palabra a nadie.

Al día siguiente, Parvana estaba ya harta de dormir. Aún tenía los pies doloridos, pero se puso a jugar con Alí y Maryam. Los pequeños, sobre todo Alí, no podían entender por qué su madre no les prestaba atención.

—Mamá está durmiendo —les repetía Parvana.

—¿Cuándo va a levantarse? —preguntó Maryam.

Parvana no contestó.

Alí iba a trompicones, una y otra vez, hasta la puerta y la señalaba.

—Creo que pregunta dónde está papá —dijo Nooria—. Ven, Alí, vamos a buscar tu pelota.

Parvana se acordó de la foto hecha pedazos y sacó los trozos que había recogido. La cara de su padre era como un rompecabezas. Extendió las piezas sobre la esterilla que tenía delante. Maryam se puso a su lado y la ayudó a ordenarlas.

Faltaba un trozo. Estaban todos menos la parte de la barbilla.

—Cuando tengamos cinta adhesiva, la pegaremos —dijo Parvana. Maryam asintió con un gesto de la cabeza. Reunió los trocitos en un montón y se los dio a Parvana, que los guardó en un rincón del armario.

El tercer día transcurría muy lentamente. Parvana pensó, incluso, en hacer alguna tarea de la casa para pasar el tiempo, pero no quería molestar a su madre. En un momento dado, los cuatro hermanos se sentaron con la espalda apoyada en la pared y se quedaron mirándola dormir.

—Tiene que levantarse pronto —dijo Nooria.

—No puede quedarse ahí tumbada para siempre.

Parvana estaba cansada de tanto estar sentada. Llevaba un año y medio viviendo en ese cuarto, pero siempre había tenido encargos que hacer y había salido al mercado con su padre.

Su madre seguía en el mismo sitio. Tenían cuidado de no molestarla. Pero Parvana pensaba que, como tuviera que pasar mucho más tiempo hablando en voz baja e intentando que los pequeños estuvieran callados, se pondría a gritar.

Habría servido poder leer algo, pero la única lectura que tenían eran los libros secretos de su padre. No se atrevía a sacarlos de su escondite. ¿Y si los *talibanes* irrumpían de nuevo en casa? Se llevarían los libros y, quizá, castigarían a toda la familia por guardarlos.

Parvana notó un cambio en Alí.

—¿Está enfermo? —le preguntó a Nooria.

—Echa de menos a mamá.

Alí estaba sentado en el regazo de Nooria. Ya no gateaba de acá para allá si lo dejaban en el suelo. Se pasaba la mayor parte del tiempo hecho un ovillo y con el pulgar en la boca.

Ni siquiera lloraba mucho. Resultaba agradable no oír el ruido, pero a Parvana no le gustaba verlo así.

Además, la habitación empezaba a oler feo.

—Tenemos que ahorrar agua —decía Nooria.

Así que nada de limpiar ni lavar. Los pañales sucios de Alí se amontonaban en el baño. La pequeña ventana no se abría mucho y la brisa no podía entrar en la habitación para disipar el mal olor.

Al cuarto día se quedaron sin comida.

—No tenemos comida —le dijo Nooria a Parvana.

—No me lo digas a mí, díselo a mamá. Ella es la mayor y tiene que conseguirla.

—No quiero molestarla.

—Pues se lo diré yo.

Parvana se acercó al *toshak* de su madre y la sacudió con suavidad.

—Se ha acabado la comida.

No hubo respuesta.

—Mamá, no nos queda comida.

Su madre se apartó. Parvana empezó a moverla otra vez.

—¡Déjala tranquila! —dijo Nooria tirando de ella—. ¿No ves que está deprimida?

—Todos estamos deprimidos —replicó Parvana—. Además, estamos hambrientos.

Tenía ganas de gritar, pero no quería asustar

a los pequeños. Lo que sí podía era dirigir miradas aviesas, y Nooria y ella estuvieron mirándose de reojo durante horas.

Ese día nadie comió.

—No nos queda comida —volvió a decirle Nooria a Parvana al día siguiente.

—No pienso salir.

—Tienes que salir. Nadie más puede hacerlo.

—Aún me duelen los pies.

—Tus pies sobrevivirán, pero nosotros no, si no traes comida. ¡Y ahora, muévete!

Parvana miró a su madre, que seguía tumbada en el *toshak*. Miró a Alí, que estaba muerto de hambre y extrañaba a sus padres. Miró a Maryam, cuyas mejillas empezaban a enflaquecer y que, además, no había estado a la luz del sol desde hacía mucho tiempo. Por último miró a su hermana mayor, Nooria.

Nooria parecía aterrorizada. Si Parvana no la obedecía, tendría que ser ella la que saliera a buscar comida.

«La tengo en mis manos», pensó Parvana. «Puedo hacer que se sienta tan mal como ella me hace sentir a mí.» Pero se sorprendió al descubrir que la idea no le producía el menor placer. Tal vez estaba demasiado cansada y hambrienta. En lugar de darle la espalda a su hermana, le agarró el dinero de las manos.

—¿Qué hay que comprar? —preguntó.

CINCO

Era raro estar en el mercado sin su padre. Parvana casi esperaba encontrarlo en su sitio habitual, sentado en la manta, leyendo y escribiendo cartas para sus clientes.

Las mujeres no podían ir a las tiendas. Se suponía que los hombres debían encargarse de hacer todas las compras; pero si lo hacían éstas, tenían que quedarse fuera de la tienda y pedir lo que necesitaban. Parvana había sido testigo de cómo algunos comerciantes habían recibido palizas por haber servido a mujeres dentro de sus establecimientos.

Parvana no estaba segura si la iban a considerar o no una mujer. Por un lado, si se comportaba como tal, permaneciendo fuera de la tienda y voceando su pedido, podía tener problemas por no llevar *burka*. Por otra parte, si entraba en la tienda, ¡podía buscarse complicaciones por no comportarse como una mujer!

Postergó su decisión hasta llegar allí. El mostrador de la panadería daba a la calle. Parvana se ajustó más el *chador* en torno a la cara para que sólo se le vieran los ojos. Levantó los diez dedos: diez piezas de *nan*. Ya había un montón de pan cocido, pero tuvo que esperar un rato a que salieran cuatro piezas más. El dependiente envolvió el pan en un trozo de periódico y se lo entregó. Ella le pagó sin levantar la vista.

El pan estaba todavía caliente. ¡Olía tan bien! El maravilloso olor le recordó lo hambrienta que estaba. Podría haberse comido uno entero de un bocado.

El puesto de frutas y verduras estaba al lado. Mientras se decidía, una voz detrás de ella gritó:

—¿Qué haces en la calle vestida así?

Parvana se dio la vuelta y vio a un talibán que la miraba siniestramente, con ojos iracundos y un bastón en la mano.

—¡Tendrías que ir tapada! ¿Quién es tu padre? ¿Cómo se llama tu marido? ¡Serán castigados por dejarte andar así por la calle!

El soldado levantó el brazo y dejó caer el bastón sobre el hombro de Parvana.

Ésta ni siquiera lo sintió. ¿Castigarían realmente a su padre?

—¡Deja de pegarme! —aulló.

El talibán se mostró tan sorprendido que se detuvo un momento. Parvana aprovechó para echar a correr. Derribó una pila de nabos en el puesto de verduras, que salieron rodando por toda la calle.

Apretando el pan caliente contra su pecho, siguió corriendo. Sus sandalias chancleteaban sobre el pavimento. Le daba igual que la gente la mirara. Lo único que quería era alejarse del soldado tan lejos y tan rápido como sus piernas la llevaran.

Tenía tanta prisa por llegar a casa que chocó contra una mujer que llevaba a un niño.

—¿Eres Parvana?

Intentó escapar, pero la mujer la había agarrado con fuerza del brazo.

—¡Eres Parvana! ¿Qué manera es ésa de llevar el pan?

La voz tras el *burka* le resultaba familiar, pero no atinaba a recordar a quién pertenecía.

—¡Habla, muchacha! No te quedes ahí con la boca abierta como un pez en el mercado. ¡Di algo!

—¿La señora Weera?

—Ah, claro. No puedes verme la cara. Siempre lo olvido. Dime por qué corres y por qué aplastas ese pan que tiene tan buen aspecto.

Parvana se echó a llorar.

—Los *talibanes*... uno de los soldados... quería agarrarme.

—Seca tus lágrimas. En un caso así, lo mejor que se puede hacer es correr. Siempre pensé que eras una chica lista, y acabas de demostrarme que tenía razón. ¡Bien hecho! Has conseguido escapar de los *talibanes*. ¿Dónde vas con todo ese pan?

—A casa. Ya estoy muy cerca.

—Iremos juntas. Llevo tiempo pensando en tu madre. Necesitamos una revista y tu madre es la persona adecuada para ponerla en marcha.

—Mi madre ya no escribe y no creo que quiera ver a nadie.

—¡Qué tontería! Vamos.

La señora Weera había pertenecido a la Unión de Mujeres Afganas, como su madre. Parecía tan segura de que a su madre no le importaría que se presentase en casa que, Parvana, obediente, le mostró el camino.

—Y deja de aplastar el pan. ¡No se te va a escapar de las manos!

Cuando casi habían llegado al último escalón, Parvana se volvió hacia la señora Weera.

—En cuanto a mi madre... Últimamente no se encuentra muy bien.

—¡Entonces he hecho bien en venir a ocuparme de ella!

Parvana se rindió. Llegaron a la puerta del apartamento y entraron.

Al principio, Nooria sólo vio a Parvana. Agarró el pan.

—¿Sólo has comprado esto? ¿Dónde está el arroz? ¿Y qué pasa con el té? ¿Cómo nos las vamos a arreglar sólo con esto?

—No seas tan dura con ella. La descubrieron en el mercado antes de que pudiera terminar la compra —la señora Weera entró en la habitación y se quitó el *burka*.

—¡Señora Weera! —exclamó Nooria.

El alivio se reflejó en su cara. Allí había alguien que podía hacerse cargo de la situación, alguien que descargaría de sus hombros parte de la responsabilidad.

La señora Weera depositó a la criatura que llevaba al lado de Alí, en la estera. Los dos niños se miraron el uno al otro con cautela.

La señora Weera era una mujer alta. Tenía el pelo blanco, pero el cuerpo fuerte. Había sido profesora de Educación Física antes de que los *talibanes* la obligasen a dejar su trabajo.

—¿Qué es lo que está pasando aquí? —preguntó.

En pocas zancadas estaba en el baño, buscando la causa del mal olor.

—¿Por qué están sin lavar esos pañales?

—Nos hemos quedado sin agua —explicó Nooria—. Teníamos miedo de salir a la calle.

—Tú no tienes miedo, Parvana, ¿verdad? —preguntó sin esperar ninguna respuesta—. Ve por la cubeta, muchacha. Cumple con tu papel en este equipo. ¡En marcha!

La señora Weera seguía hablando como si estuviese en el campo de hockey animando a cada miembro de su equipo a dar lo mejor de sí mismo.

—¿Y Fatana? —preguntó, mientras Parvana buscaba la cubeta para el agua.

Nooria se acercó a la figura que estaba acostada en el *toshak*, enterrada bajo la manta. Su madre emitió un gemido e intentó encogerse aún más.

—Está dormida —dijo Nooria.

—¿Cuánto tiempo lleva así?

—Cuatro días.

—¿Dónde está tu padre?

—Detenido.

—Ah, ya entiendo.

Miró hacia Parvana, que sostenía la cubeta vacía.

—¿Estás esperando a que llueva aquí adentro para que se llene sola la cubeta? ¡Anda!

Parvana se fue.

Hizo siete viajes. La señora Weera la esperó fuera del apartamento, en lo alto de la escalera, y recogió las dos primeras cubetas, las vació dentro y se las volvió a pasar.

—Vamos a lavar a tu madre, y no necesita que la vean otro par de ojos.

Después de eso, Parvana empezó a llenar el depósito, como de costumbre. La señora Weera había incorporado a su madre y la había lavado. Ésta no parecía estar consciente de la presencia de su hija.

Parvana siguió acarreando agua. Le dolían los brazos, y las ampollas de los pies empezaron a sangrarle de nuevo, pero no se paró a pensarlo. Cargaba agua porque su familia la necesitaba, porque su padre habría esperado que lo hiciese. Ahora que estaba allí la señora Weera, y que su madre se había levantado, las cosas empezarían a ser más fáciles y ella cumpliría con su parte.

Salir por la puerta, bajar las escaleras, avanzar por la calle hasta el grifo y luego regresar, parando de vez en cuando para descansar y cambiarse la cubeta de mano.

Después del séptimo viaje, la señora Weera la mandó a parar.

—Ya has llenado el tanque y la pila y hay una cubeta llena, además. Está bien por hoy.

Parvana se sentía mareada después de tanto esfuerzo sin comer ni beber. Deseaba tomar un poco de agua de inmediato.

—¿Qué estás haciendo? —le dijo Nooria cuando vio que llenaba una taza en el tanque—. ¡Ya sabes que hay que hervirla primero!

El agua sin hervir estaba contaminada, pero Parvana tenía tanta sed que no le importaba. Quería beber y se llevó la taza a los labios.

Nooria se la quitó de las manos.

—¡No seas estúpida! ¡Sólo faltaría que te enfermes! ¡Cómo puedo tener una hermana tan tonta!

—Ésa no es manera de mantener el ánimo

de equipo —dijo la señora Weera—. ¿Por qué no lavas a los pequeños para la cena, Nooria? Usa agua fría. Dejaremos esta primera jarra de agua hervida para beber.

Parvana pasó a la habitación principal y se dejó caer al suelo. Su madre estaba sentada. Llevaba ropa limpia. Tenía el pelo cepillado y recogido por detrás. Recordaba de nuevo a su madre, aunque todavía parecía muy cansada.

A Parvana le parecía que había transcurrido una eternidad cuando la señora Weera le pasó una taza llena de agua hervida.

—Ten cuidado. Está muy caliente.

Enseguida se la bebió, llenó otra taza y se la bebió también.

La señora Weera y su nieta se quedaron a pasar la noche. Mientras Parvana se dejaba arrastrar por el sueño, oyó que hablaba con Nooria y su madre en voz baja. La señora Weera les contaba el incidente de Parvana con el talibán.

Lo último que oyó antes de caer dormida fue a la señora Weera diciendo:

—Supongo que tendremos que pensar en algo distinto.

SEIS

Iban a convertirla en un chico.

—Como chico podrás ir y venir al mercado, comprar lo que necesitemos y nadie te dará
el alto —le dijo su madre.

—Es una solución perfecta —afirmó la señora Weera.

—Serás nuestro primo de Jalalabad —añadió Nooria—, que ha venido a estar con nosotras mientras nuestro padre está ausente.

Parvana las miraba a las tres. Era como si
hablaran un idioma extranjero, y no entendía
una palabra.

—Si alguien pregunta por ti, diremos que estás con una tía en Kunduz —explicó la madre.

—Pero nadie lo hará.

Al escuchar esas palabras, Parvana volvió
repentinamente la cabeza y miró con furia a su
hermana. Si había una ocasión perfecta para re-
plicar con algo desagradable era ésa, pero no se
le ocurrió nada que decir. Después de todo, No-

oria tenía razón. No había visto a ninguna de sus amigas desde que los *talibanes* cerraron los colegios. Sus parientes estaban desperdigados por distintas zonas del país, incluso por diferentes países. Nadie preguntaría por ella.

—Te pondrás la ropa de Hossain.

La voz de su madre se quebró y, por un momento, dio la impresión de que se iba a echar a llorar, pero recuperó el control.

—Te vendrá un poco grande, pero podemos arreglarla si hace falta.

—Esa ropa lleva mucho tiempo guardada. Ya es hora de que sirva para algo —la madre intercambió una mirada con la señora Weera.

Parvana supuso que ambas habían estado hablando largo y tendido mientras ella dormía. Eso le alegró. Su madre tenía mejor aspecto, pero eso no significaba que ella estuviera dispuesta a ceder.

—No funcionará —replicó Parvana—. No parezco un chico. Tengo el pelo largo.

Nooria abrió el armario, sacó el costurero y lo abrió lentamente. Parvana tuvo la sensación de que Nooria disfrutaba demasiado sacando las tijeras, abriéndolas y cerrándolas varias veces.

—¡No me cortarán el pelo! —las manos de Parvana volaron hasta su cabeza.

—¿Cómo vas a parecer un chico si no? —preguntó su madre.

—¡Córtenselo a Nooria! ¡Ella es la mayor! ¡Es su responsabilidad! ¡Ella tiene que cuidar de mí, no yo de ella!

—Nadie creería que yo soy un chico —contestó Nooria con voz tranquila, mirándose el cuerpo.

Esto puso aún más furiosa a Parvana.

—Pronto estaré como tú —le dijo Parvana.

—¡Qué más quisieras!

—Ya solucionaremos eso cuando llegue el momento —dijo rápidamente su madre para zanjar la disputa que sabía que estaba a punto de comenzar—. Hasta entonces, no nos queda alternativa. Alguien tiene que estar en condiciones de salir, y tú eres la que tiene más posibilidades de parecer un chico.

Parvana se lo pensó. Sus dedos recorrieron su espalda para ver hasta dónde le llegaba el pelo.

—Tienes que decidirlo tú —dijo la señora Weera—. Podemos obligarte a cortarte el pelo, pero serás tú la que tendrá que salir a la calle a hacer ese papel. Sabemos que te estamos pidiendo mucho, pero yo creo que puedes hacerlo. ¿Qué opinas?

Parvana comprendió que la señora Weera tenía razón. Podían sujetarla y cortarle el pelo, pero para cualquier otra cosa necesitaban su cooperación. Al fin y al cabo, la decisión era suya.

En cierta medida, saberlo hizo que le resultara más fácil aceptar.

—De acuerdo —respondió—. Lo haré.

—Así me gusta —contestó la señora Weera—. Ése es el ánimo.

Nooria abrió y cerró las tijeras otra vez.

—Yo te lo cortaré —dijo.

—Lo haré yo —replicó su madre, quitándoselas—. Vamos a hacerlo ya, Parvana. Cuanto más te lo pienses, peor será.

Parvana y su madre se fueron al baño, donde iba a resultar más fácil recoger el pelo porque el suelo era de cemento. La madre llevaba la ropa de Hossain.

—¿Quieres mirar? —preguntó, haciendo un gesto en dirección al espejo.

Parvana negó con la cabeza, pero luego cambió de opinión. Si iba a ser la última vez que viera su pelo, quería verlo tanto tiempo como fuera posible.

Su madre trabajó de prisa. Primero, le cortó un mechón enorme en línea recta a la altura del cuello. Lo sostuvo en alto para que Parvana lo viera.

—Tengo guardado un trozo de cinta precioso —le dijo—. Lo ataremos con un lazo y podrás guardarlo.

Parvana miró el pelo que su madre tenía en la mano. Mientras lo tuvo en la cabeza le había parecido importante. Ya no le parecía en absoluto.

—No, gracias —le contestó Parvana—. Tíralo.

Su madre apretó los labios.

—Si te vas a poner desagradable... —dijo, y lo dejó caer al suelo.

A medida que iba cortando más y más, Parvana empezó a sentirse diferente. Toda su cara quedó al descubierto. El pelo que conservaba era corto y desgreñado. Se le rizaba alrededor de las orejas. No se le metería en los ojos, ni se le enredaría un día de viento, ni tardaría horas en secarse si se le mojaba bajo la lluvia.

Su frente parecía más ancha. Y también más grandes sus ojos, tal vez porque los tenía muy abiertos para no perderse nada. Las orejas sobresalían de la cabeza.

Le daban un aspecto un poco cómico, pensó Parvana, pero resultaban divertidas, divertidas en el buen sentido.

«Tengo una cara agradable», concluyó.

Su madre le frotó bruscamente la cabeza con las manos para quitarle los restos del corte.

—Cámbiate de ropa —dijo, y salió del baño.

Sólo una vez se llevó Parvana la mano a la cabeza. Primero se tocó el pelo con cuidado, pero no tardó en frotárselo con la palma de la mano. Era suave y rizado al mismo tiempo. Le hacía cosquillas.

«Me gusta», pensó, y sonrió.

Se quitó la ropa y se puso la de su hermano. El *shalwar kameez* de Hossain era de color verde pálido. La camisa le colgaba y los pantalones estaban muy largos, pero si se los subía hasta la cintura le quedaban bien.

Había un bolsillo en el lado izquierdo de la camisa, cerca del pecho. Era lo bastante grande como para guardar el dinero y quizá algunos caramelos, si es que alguna vez tenía esa suerte.

Había, además, otro bolsillo delantero. Era estupendo tener bolsillos. Sus ropas de chica no llevaban ninguno.

—¿Aún no te has cambiado, Parvana?

Parvana dejó de mirarse en el espejo y salió a reunirse con su familia.

La de Maryam fue la primera cara que vio. Su hermana pequeña la miraba sin saber muy bien quién había entrado en el cuarto.

—Soy yo, Maryam —le dijo Parvana.

—¡Parvana! —Maryam se echó a reír al reconocerla.

—Hossain —murmuró su madre.

—Eres menos fea como chico que como chica —dijo rápidamente Nooria. Si su madre empezaba a acordarse de Hossain, seguramente se pondría a llorar de nuevo.

—Estás muy bien —opinó la señora Weera.

—Ponte esto.

La madre le pasó a Parvana un gorro. Se lo puso. Era un gorro blanco con preciosos bordados. Quizá ella no volviera a ponerse su *shalwar kameez* rojo, pero a cambio tenía un gorro nuevo.

—Toma dinero —le dijo su madre—. Compra lo que no pudiste traer ayer.

Le puso un *pakul* sobre los hombros. Era de su padre.

—Date prisa.

Parvana guardó el dinero en su nuevo bolsillo. Se calzó las sandalias y agarró el *chador*.

—No necesitarás eso —dijo Nooria.

Parvana lo había olvidado. De pronto se sintió asustada. ¡Todos le verían la cara! ¡Se darían cuenta de que no era un chico!

Se volteó implorante hacia su madre.

—¡No me obligues a hacer esto!

—¿Lo ves? —comentó Nooria con su voz más antipática—. Te dije que estaba demasiado asustada.

—¡Es muy fácil decir que alguien está asustado cuando estás siempre segura en casa! —respondió Parvana devolviéndole el golpe. Se dio la vuelta y salió dando un portazo.

Una vez en la calle se quedó esperando a que la gente la descubriera y la señalara. Nadie lo hizo. Nadie le prestó la menor atención. Cuanto más la ignoraban, más segura se sentía.

Cuando iba con su padre al mercado, permanecía en silencio y se cubría la cara tanto como podía. Habría hecho todo lo posible por ser invisible. Ahora, con el sol en la cara, era invisible de otra manera. Era un chico más de la calle. Alguien en quien no merecía la pena fijarse.

Cuando llegó a la tienda donde vendían arroz, té y otros productos, titubeó un momento y luego atravesó la puerta con seguridad.

«Soy un chico», se repetía. Eso le daba valor.

—¿Qué quieres? —le preguntó el dependiente.

—Un poco de té —balbuceó Parvana.

—¿Cuánto? ¿De qué tipo?

El tendero se mostraba malhumorado. Pero era su malhumor habitual, no el enfado que le habría provocado la presencia de una chica en su tienda.

Parvana señaló el tipo de té que normalmente tenían en casa.

—¿Es el más barato?

—El más barato es éste —dijo mostrándole otro.

—Me llevaré del más barato. Y cinco libras de arroz.

—No me digas más. También del más barato. Apenas te das abasto.

Parvana salió de la tienda con el té y el arroz, sintiéndose muy orgullosa de sí misma.

—¡Puedo hacerlo! —musitó para sí.

Las cebollas también eran baratas, así que compró unas cuantas.

—¡Miren lo que traigo! —exclamó Parvana irrumpiendo en su casa—. ¡Lo conseguí! Hice las compras y nadie me molestó.

—¡Parvana! —Maryam corrió hacia ella y le dio un abrazo.

Parvana se lo devolvió, lo mejor que pudo, con los brazos llenos de cosas.

Su madre estaba otra vez en el *toshak*, de cara a la pared, dándoles la espalda. Alí estaba sentado a su lado, golpeándola suavemente, repitiendo «ma-ma-ma» e intentando llamar su atención.

Nooria agarró las cosas y le pasó la cubeta del agua.

—Antes de que te descalces —le dijo.

—¿Qué le pasa a mamá ahora?

—¡Chist! No tan fuerte. ¿Quieres que te oiga? Se puso fatal al verte con la ropa de Hossain. No puedes culparla. Además, la señora Weera se fue a su casa y eso la puso triste. Por favor, ve a buscar agua.

—¡Ya la traje ayer!

—Tenía muchas cosas que limpiar. Alí ya no tenía pañales. ¿Preferirías lavarlos a traer agua?

Parvana fue a buscar más.

—No te quites esa ropa —le dijo Nooria a Parvana a su regreso—. He estado pensando. Si vas a ser un chico fuera, deberías serlo aquí también. ¿Y si viene alguien?

A Parvana le pareció que tenía sentido.

—¿Y qué hay de mamá? ¿No le afectará ver-me continuamente con la ropa de Hossain?

—Tendrá que acostumbrarse.

Por primera vez, Parvana se fijó en el can-sancio reflejado en el rostro de Nooria. Parecía tener mucho más de diecisiete años.

—Te ayudaré con la cena —le ofreció.

—¿Ayudar tú? Lo único que sabes hacer es estorbar.

Parvana se enfadó. ¡No se podía ser amable con Nooria!

Su madre se levantó para cenar e hizo un es-fuerzo por estar animada. Felicitó a Parvana por lo bien que había hecho la compra, pero parecía que le costaba mirarla.

Más tarde, esa noche, cuando todos se habían instalado para dormir, Alí dio guerra un rato.

—Duérmete, Hossain —escuchó decir Parvana a su madre—. Duérmete, hijo.

SIETE

A la mañana siguiente, después de desayunar, Parvana volvió a la calle.

—Toma las cosas de escribir de tu padre, su manta, y ve al mercado —le dijo su madre—. Quizá puedas ganar algún dinero. Has visto cómo lo hacía. Haz lo mismo que él.

A Parvana le gustó la idea. La compra del día anterior había ido bien. Si era capaz de ganar algún dinero, no tendría que volver a realizar las tareas de la casa. El disfraz de chico había funcionado en una ocasión. ¿Por qué no iba a hacerlo de nuevo?

Mientras caminaba hacia el mercado, sintió la cabeza ligera sin el peso de su pelo o el *chador*. Podía sentir el sol en la cara; la ligera brisa que descendía de la montaña hacía el aire fresco y agradable.

Llevaba cruzada sobre el pecho la bolsa que su padre se colgaba del hombro. Le golpeaba las piernas. Dentro estaban los lápices, el papel de escribir y unas cuantas cosas que intentaría vender, incluido su precioso *shalwar kameez*. Bajo el brazo, Parvana llevaba la manta en la que se sentaría.

Escogió el mismo lugar que había ocupado con su padre. Estaba cerca de un muro. Al otro lado, había una casa que quedaba oculta, en su mayor parte, por la pared. Por encima había una ventana, pero la habían pintado de negro para acatar la orden de los *talibanes*.

—Si nos ponemos en el mismo lugar todos los días, la gente terminará sabiendo que estamos aquí, y se acordarán de nosotros cuando necesiten leer o escribir algo —solía decir su padre.

A Parvana le gustaba cuando empleaba el plural, como si ella formara parte del negocio. El sitio estaba, además, cerca de su casa. Había lugares más concurridos en el mercado, pero quedaban más lejos y Parvana no estaba segura de conocer el camino.

—Si alguien te pregunta, di que eres Kaseem, el sobrino de tu padre —le había aconsejado su madre.

Habían repetido la historia una y otra vez hasta que Parvana se la supo de memoria.

—Di que papá está enfermo y que tienes

que quedarte con la familia hasta que se recupere.

Era más sencillo explicar esto para no decir que había sido detenido. Nadie quería que lo tomaran por un enemigo del gobierno.

—¿Me pedirá alguien que le lea algo? —preguntó Parvana—. Sólo tengo once años.

—Has estudiado más que la mayoría de las personas en Afganistán. Y si no encuentras clientes, pensaremos en otra cosa.

Parvana extendió su manta en el duro suelo de arcilla del mercado y colocó los objetos para vender a un lado, como hacía su padre. Puso las plumas y el papel de escribir delante de ella y se dispuso a esperar a los clientes.

Durante la primera hora no se acercó nadie. Los hombres pasaban, miraban y seguían andando. Habría dado cualquier cosa por tener su *chador* allí para esconderse. Estaba segura de que en algún momento alguien se detendría, la señalaría y gritaría: «¡Una chica!». La voz se propagaría por el mercado como un reguero de pólvora y todo el mundo interrumpiría sus tareas. Permanecer allí durante esa primera hora fue una de las cosas más difíciles que había hecho jamás.

Estaba mirando hacia otro lado cuando alguien se detuvo. Sintió la sombra antes de verla, al interponerse un hombre entre ella y el sol. Volteó la cabeza y vio el negro turbante que era el uniforme de los *talibanes*. Llevaba un rifle cruzado sobre el pecho, del mismo modo que colgaba del suyo la bolsa de su padre.

Parvana se puso a temblar.

—¿Eres un lector de cartas? —preguntó en *pastún*.

Parvana intentó responder, pero no le salía la voz. En vez de hablar hizo un gesto con la cabeza.

—¡Habla, chico! Un lector sin voz no me convence.

Parvana respiró hondo.

—Soy lector de cartas —dijo en *pastún* a media voz aunque, esperaba, lo suficientemente alto—. Puedo leer y escribir en *dari* y en *pastún*.

Trató de sonar lo más convincente posible por si, acaso, aquél resultaba ser un cliente.

El talibán se quedó mirándola. Luego metió la mano debajo del chaleco. Sin dejar de observarla, extrajo algo de un bolsillo.

Parvana estaba a punto de cerrar los ojos esperando recibir un tiro, cuando vio que, en realidad, lo que el talibán sacaba era una carta.

Se sentó a su lado, en la manta.

—Lee esto —le pidió.

Parvana tomó el sobre. El sello era de Alemania. Leyó el nombre del destinatario.

—Va dirigida a Fatima Azima.

—Es mi mujer —dijo el talibán.

La carta era muy antigua. Parvana la sacó del sobre y la desdobló. Los pliegues estaban muy marcados en el papel.

Querida sobrina,

Siento no poder estar contigo el día de tu boda, pero espero que esta carta te llegue a tiempo. Es estupendo estar en Alemania, lejos de tanta guerra. En mi mente, sin embargo, nunca he abandonado Afganistán. Mis pensamientos se dirigen siempre a nuestro país, la familia y los amigos a los que probablemente no volveré a ver.

Te envío mis mejores deseos para el futuro en el día de tu boda. Tu padre, mi hermano, es un buen hombre y habrá escogido un marido para ti que sea, también, una buena persona. Puede que al principio te resulte du-

ro estar lejos de tu familia, pero no debe importarte porque tendrás otra nueva. Pronto empezarás a sentir que perteneces a ella. Espero que seas feliz, que Dios te bendiga con muchos hijos y que vivas para conocer a los hijos de tus hijos.

Una vez que abandones Pakistán y regreses a Afganistán con tu nuevo esposo, te perderé la pista. Por favor, conserva mi carta y no me olvides, porque yo nunca te olvidaré.

Tu tía, que te quiere.

Sohila

Parvana dejó de leer. El talibán permanecía en silencio a su lado.

—¿Quiere que la lea de nuevo?

Él negó con la cabeza y extendió la mano para coger la carta. Parvana la dobló y se la devolvió. Las manos del hombre temblaban mientras metía la carta en el sobre. Parvana vio caer una lágrima de sus ojos. Rodó por su mejilla hasta llegar a su barba.

—Mi mujer ha muerto —explicó—. Esto estaba entre sus cosas. Quería saber lo que decía.

Se quedó unos minutos sentado con la carta en las manos.

—¿Quiere que le escriba una respuesta? —preguntó Parvana, como había visto hacer a su padre.

El talibán suspiró y luego negó con la cabeza.

—¿Cuánto te debo?

—Déme lo que quiera —respondió Parvana. Su padre también decía eso.

El talibán sacó unas monedas de su bolsillo y se las entregó. Sin añadir nada más, se levantó de la manta y se marchó.

Parvana inspiró aire y lo exhaló lentamente.

Hasta entonces, los *talibanes* sólo habían sido para ella hombres que golpeaban a las mujeres y arrestaban a su padre. ¿Podían acaso sentir dolor, como otros seres humanos?

A Parvana le parecía todo muy complicado. No tardó en llegar otro cliente, alguien que quería comprar algo. A lo largo de todo el día, sus pensamientos no pararon de volver al talibán que había perdido a su esposa.

Antes de regresar a casa para comer sólo había tenido, en realidad, otro cliente. Un hombre que había pasado una y otra vez por delante de su manta y que, finalmente, se había detenido para hablar con ella.

—¿Cuánto quieres por esto? —preguntó señalando su hermoso *shalwar kameez*.

Su madre no le había indicado cuánto debía pedir. Parvana intentó recordar cómo regateaba su madre con los vendedores en el mercado cuando aún podía hacer la compra. Fuese cual fuese el precio que el vendedor ofrecía, ella siempre lo rebajaba.

—Ellos esperan que regatees —le explicaba—. Así que empiezan pidiendo una cantidad tan alta que sólo un loco sería capaz de pagarla.

Parvana pensó deprisa. Imaginó a su tía en Mazar trabajando duro para hacer todos los bordados de la blusa y el bajo de los pantalones. Recordó lo bien que se sentía con ese traje y lo mucho que odiaba desprenderse de él.

Dio un precio. El cliente agitó la cabeza e hizo otra oferta mucho más baja. Parvana señaló los minuciosos dibujos bordados y, a continuación, ofreció un precio sólo ligeramente inferior al primero. El cliente dudó, pero no se marchó. Tras varias tentativas, acordaron una cantidad.

Era estupendo hacer una venta, tener algo de dinero que guardar en el pequeño bolsillo del costado de la camisa. Se encontraba tan bien que casi no sintió pena cuando vio alejarse para siempre la brillante tela roja, agitándose al aire por el poblado laberinto del mercado.

Parvana estuvo otro par de horas sentada en la manta, hasta que le entraron ganas de ir al baño. No había ninguno en el mercado, así que no tuvo más remedio que recoger y volver a casa. Reprodujo muchos de los movimientos que había hecho cuando estaba con su padre: metió las cosas en la bolsa, sacudió el polvo de la manta. Eso hizo que lo echara de menos.

—¡Vuelve con nosotros, papá! —musitó mirando al cielo.

El sol brillaba. ¿Cómo podía hacerlo cuando su padre estaba encarcelado?

Algo llamó su atención, un movimiento fluctuante. Le pareció que venía de la ventana pintada de negro. ¿Pero cómo iba a venir de allí? Parvana pensó que estaba imaginando cosas. Dobló la manta y la metió bajo su brazo. Palpó el dinero que había ganado, a salvo en su bolsillo.

Sintiéndose muy orgullosa de sí misma, corrió de vuelta a casa.

OCHO

La señora Weera había regresado.

—Me mudo para acá esta tarde, Parvana —le dijo—. Tú puedes ayudarme.

Parvana quería volver al mercado, aunque ayudar a la señora Weera con el traslado supondría otro cambio en la rutina; así que le pareció bien. Además, mientras ésta estuviese por allí, su madre parecía ser la misma de antes.

—La señora Weera y yo vamos a trabajar juntas —anunció su madre—. Vamos a hacer una revista.

—Así que todos tendremos que cumplir con nuestra tarea. Nooria cuidará de los pequeños, tu madre y yo nos ocuparemos de nuestro proyecto, y tú irás a trabajar —declaró, como si estuviese asignando posiciones en el campo de hockey—. Lo haremos entre todas.

Parvana enseñó entonces el dinero que había ganado.

—¡Qué maravilla! —dijo su madre—. Sabía que podías hacerlo.

—Papá habría sacado mucho más —protestó Nooria. Luego se mordió los labios como si intentara tragarse sus palabras.

Parvana estaba de demasiado buen humor como para sentirse molesta.

Después de comer *nan* y beber té, Parvana salió con la señora Weera para recoger sus cosas. Ésta llevaba, por supuesto, el *burka*, pero tenía una manera tan elegante de caminar que Parvana estaba segura de que podría distinguirla en medio de un mercado lleno de mujeres ataviadas con esta prenda. Andaba como si fuese recogiendo niños desperdigados a la salida de clase. Pisaba con firmeza, iba con la cabeza alta y los hombros echados hacia atrás. Sin embargo, para mayor seguridad, Parvana permaneció a su lado.

—Normalmente los *talibanes* no molestan a las mujeres que salen con niños pequeños —iba diciendo la señora Weera—, aunque no se puede estar seguro. Por suerte, probablemente corra más deprisa que cualquiera de esos soldados. Y también puedo darles una paliza si se meten conmigo. He hecho frente a más de un adolescente en mis años de enseñanza. ¡No hubo nadie al que no hiciese llorar con un buen regaño!

—Esta mañana he visto llorar a un talibán —contó Parvana, pero sus palabras se perdieron en el aire mientras avanzaban apresuradamente por las calles.

La señora Weera vivía con su nieta en una habitación aún más pequeña que la de Parvana. Estaba en el sótano de un edificio en ruinas.

—Somos los últimos miembros de la familia Weera —dijo—. Las bombas acabaron con algunos de nosotros, y la guerra con otros. La pulmonía se llevó al resto.

Parvana no sabía qué decir. No tenía la impresión de que estuviera buscando compasión.

—Nos prestan un *karachi* esta tarde —explicó la señora Weera—. El propietario necesita que se lo devolvamos esta noche para ir a trabajar. Pero lo llevaremos todo en un viaje, ¿no te parece?

La señora Weera también había perdido un montón de cosas en los bombardeos.

—Lo que no se llevaron las bombas se lo llevaron los bandidos. Aunque así es más fácil mudarse, ¿verdad?

Parvana cargó unos cuantos edredones y cacharros de cocina en el carro. La señora Weera lo tenía todo empaquetado y listo.

—Aquí hay algo que no se llevaron —sacó de una caja una medalla con una cinta brillante—. La gané en una competencia deportiva. ¡Fui la corredora más rápida de todo Afganistán!

El sol hizo resplandecer el oro de la medalla.

—Tengo otras —continuó la señora Weera—. Algunas se han perdido, pero otras las conservo.

Suspiró un poco y luego se recompuso.

—¡Ya está bien de descanso! ¡Volvamos al trabajo!

Al acabar la tarde, la señora Weera se había mudado y habían devuelto el *karachi*. Parvana estaba demasiado agitada por todos los acontecimientos del día como para quedarse quieta.

—Iré a buscar un poco de agua —ofreció.

—¿Tú ofreciéndote a hacer algo? —preguntó Nooria—. ¿Te encuentras bien?

Parvana la ignoró.

—Mamá, ¿puedo llevarme a Maryam?

—¡Sí, sí, sí! —exclamó Maryam dando saltos—. ¡Quiero ir con Parvana!

Su madre dudó un momento.

—Déjala ir —aconsejó la señora Weera—. Ahora Parvana es un chico. Maryam estará segura.

La madre cedió, pero antes le preguntó:

—¿Cómo vas a llamar a Parvana cuando estés fuera?

—Kaseem.

—Bien. ¿Y quién es Kaseem?

—Mi primo.

—Muy bien. Recuérdalo y haz lo que Parvana te diga. Quédate con ella, ¿lo prometes?

Maryam lo prometió. Corrió a ponerse sus sandalias.

—¡Me aprietan! —empezó a llorar.

—Lleva más de un año sin salir —explicó la madre a la señora Weera—. Le han crecido los pies.

—Dámelas y sécate las lágrimas —le dijo la señora Weera a Maryam.

Las sandalias eran de plástico, de una pieza.

—Pronto le quedarán a Alí, así que será mejor no cortarlas. Por hoy te envolveremos los pies con trapos. Parvana te comprará unas sandalias mañana. La niña debería tomar sol a diario —le dijo a la madre—. No importa. ¡Esta familia estará pronto en forma ahora que estoy yo aquí!

Le envolvió los pies a la niña con varias capas de tela.

—Tendrá la piel delicada si lleva tanto tiempo sin salir —le explicó a Parvana—. Ten cuidado por dónde pisa.

—No estoy muy convencida de esto —empezó a dudar la madre, pero Parvana y su hermana salieron corriendo antes de que pudiera detenerlas.

Conseguir agua llevaba mucho tiempo. Maryam no había visto otra cosa que las cuatro paredes de la habitación durante casi año y medio. Todo lo que había al otro lado de la puerta era nuevo para ella. Sus músculos no estaban acostumbrados ni al ejercicio más básico. Parvana tuvo que ayudarla a bajar las escaleras con tanto cuidado como el que ponía con su padre.

—Éste es el grifo —le dijo a su hermana, en cuanto llegaron.

Parvana iba un poco más adelante, para abrir un camino entre las piedras. Abrió el grifo para que saliera el agua. Maryam se rió. Puso una mano debajo del chorro y retrocedió cuando el agua fresca le tocó la piel. Miró a Parvana con los ojos abiertos de par en par. Parvana la ayudó a hacerlo otra vez. Esta vez dejó que el agua corriera sobre su mano.

—No se te ocurra beberla —advirtió.

Luego le enseñó cómo echarse agua en la cara. Maryam la imitaba. El agua iba a parar más a la ropa que a su rostro, pero al menos se divertía.

Esa primera vez bastó con un viaje. Al día siguiente, Parvana se llevó las sandalias de Maryam al mercado para usarlas como referencia y escoger un par más grande. Encontró unas usadas que vendía un hombre en la calle. A partir de entonces, Maryam acompañaba diariamente a Parvana a buscar agua; y poco a poco se fue poniendo más fuerte.

Los días empezaban a ser rutinarios. Parvana iba al mercado todas las mañanas a primera hora, volvía a casa a comer, y regresaba, más tarde, al mercado.

—Podría quedarme allí si hubiera una letrina que pudiese usar —dijo.

—De todos modos, prefiero que vuelvas a casa a mediodía —contestó su madre—. Quiero saber que estás bien.

Un día, después de una semana de trabajo, Parvana tuvo una idea.

—Mamá, piensan que soy un chico ¿no?

—De eso se trata —contestó su madre.

—Entonces, puedo acompañarte —dijo Parvana—. Y también a Nooria, y así pueden salir las dos de vez en cuando.

Parvana estaba emocionada. Si Nooria hacía un poco de ejercicio, a lo mejor dejaba de estar tan huraña. Aunque no tomaría mucho aire fresco bajo el *burka*, al menos sería un cambio.

—Es una idea excelente —manifestó la señora Weera.

—Me niego a que tú seas mi acompañante —replicó Nooria, pero su madre no la dejó decir ni una palabra más.

—Nooria, Alí debería salir. Parvana puede arreglárselas bien con Maryam, pero Alí no para un momento. Tú podrías cuidar de él.

—Tú también deberías salir alguna vez, Fatana —le aconsejó la señora Weera.

La madre no contestó.

Por el bien de Alí, Nooria aceptó. Cada día, después de comer, Parvana, Nooria, Alí y Maryam salían a la calle durante una hora. Alí sólo tenía unos meses cuando llegaron los *talibanes*. Todo lo que conocía era el pequeño cuarto en el que habían estado encerrados durante año y medio. Tampoco Nooria había salido en todo ese tiempo.

Paseaban por el barrio hasta que se les cansaban las piernas, y luego se sentaban al sol. Cuando no había nadie alrededor, Parvana vigilaba y Nooria se levantaba el *burka* para dejar que el sol le diera en la cara.

—Había olvidado lo agradable que es —exclamaba.

Cuando no había cola en el grifo, Nooria lavaba a los pequeños allí mismo, y le ahorraba a Parvana unos viajes de agua. A veces les acompañaba la señora Weera con su nieta, y lavaban a los tres niños al mismo tiempo.

En los negocios hay días buenos y días malos. A veces, Parvana pasaba horas sin tener un cliente. Ganaba menos dinero que su padre, pero la familia comía, aunque algunos días sólo fuese *nan* y té. El aspecto de los niños era el más saludable que habían presentado en mucho tiempo. El sol diario y el aire fresco les estaban sentando muy bien, aunque Nooria decía que ahora era más difícil controlarlos en el apartamento. Tenían más energía y siempre estaban deseando salir, aunque no podían hacerlo mientras Parvana estaba trabajando.

Al acabar el día, Parvana entregaba todo el dinero que había ganado. A veces, su madre le encargaba *nan* o alguna otra cosa. En otras ocasiones, y ésas eran las que más le gustaban a Parvana, su madre la acompañaba al mercado a hacer la compra para la familia. Finalmente, los argumentos de la señora Weera la habían convencido. A Parvana le gustaba tener a su madre para ella sola, aunque no hablaran de otra cosa más que de cuánto aceite iban a comprar para cocinar, o de si podían permitirse adquirir jabón esa semana.

A Parvana le agradaba estar en el mercado. Le gustaba ver a la gente que andaba por las calles, escuchar los retazos de conversación que llegaban a sus oídos, leer las cartas que le llevaban.

Seguía echando de menos a su padre, pero según iban transcurriendo las semanas, se acostumbraba a la idea de que se había ido. Estar tan ocupada la ayudaba. La familia no hablaba de él, pero a veces oía llorar a su madre y a Nooria. En una ocasión, Maryam tuvo una pesadilla y se despertó llamándolo. A su madre le costó mucho que se volviese a dormir.

Entonces, una tarde, Parvana vio a su padre en el mercado.

Estaba lejos, pero estaba segura de que era él.

—¡Papá! —lo llamó, saltando de la manta y echando a correr detrás de él—. ¡Papá, estoy aquí!

Corrió abriéndose paso entre la multitud, empujando a la gente que se interponía en su camino, hasta que finalmente lo alcanzó y lo abrazó.

—¡Papá, estás bien! ¡Te han soltado!

—¿Quién eres, chico?

Parvana se quedó mirándolo con una expresión extraña. Retrocedió.

—Creí que era mi padre —dijo, mientras las lágrimas le caían por el rostro.

El hombre le puso una mano en el hombro.

—Pareces un buen chico. Siento no ser tu padre. —Hizo una pausa y preguntó en voz más baja—: ¿Tu padre está en la cárcel? —Parvana asintió—. A veces sueltan a la gente. No pierdas la esperanza.

El hombre siguió su camino hacia el mercado y Parvana volvió a su manta.

Una tarde, cuando estaba a punto de sacudir la manta para volver a casa, descubrió un punto de color en la lana gris. Se agachó para recogerlo.

Era un pequeño cuadrado de tela bordada, de no más de cinco centímetros de largo, por dos y medio de ancho. Parvana nunca lo había visto. Mientras se preguntaba de dónde podía haber salido, dirigió su mirada hacia la ventana pintada donde pocas semanas antes había creído ver un movimiento. Ahora no se movía nada.

Debía de haber sido el viento el que había arrastrado el trocito de tela, aunque no estuviese soplando demasiado fuerte.

Pocos días después, cuando descubrió una pulsera de cuentas en su manta, no pudo echarle, de nuevo, la culpa al viento. Levantó la vista hacia la ventana.

Estaba abierta. Se abría por encima del muro de la casa.

Parvana se acercó para echar un vistazo. En la estrecha rendija abierta, Parvana vio una cara de mujer. La mujer le dirigió una sonrisa rápida, y luego cerró la ventana.

Algunos días más tarde, Parvana estaba sentada contemplando cómo los chicos iban y venían llevando té entre los clientes y el puesto, cuando uno de ellos estuvo a punto de chocar con un burro. Parvana se echó a reír mientras lo miraba; de pronto, otro tropezó con algo cercano y tiró una bandeja llena de tazas de té sobre su manta.

El chico cayó, delante de Parvana. Ella lo ayudó a recoger las tazas que habían salido rodando. Le tendió la bandeja y lo miró a la cara por primera vez. Gritó y se tapó la boca con la mano.

El chico del té era una chica de su clase.

NUEVE

—¿**S**hauzia? —susurró Parvana.

—Llámame Shafiq. ¿Y tú, cómo te llamas?

—Kaseem. ¿Qué haces aquí?

—Lo mismo que tú, idiota. Tengo que volver al puesto del té. ¿Vas a quedarte por aquí un rato? —Parvana asintió con la cabeza—. Bien, volveré.

Shauzia recogió las cosas y salió corriendo hacia el puesto. Parvana se quedó allí sentada, sorprendida, viendo cómo su antigua compañera de clase se mezclaba con los otros chicos. Sólo mirando detenidamente lograba distinguir a su amiga. Entonces, Parvana se dio cuenta de que no era buena idea hacer eso, porque podía llamar la atención. Así que retiró la vista. Shauzia volvió a perderse en medio del mercado.

Shauzia y Parvana no habían sido amigas íntimas en el colegio. No eran del mismo círculo. Parvana creía recordar que Shauzia era muy buena en Ortografía, pero no estaba segura.

¡Así que había otras chicas como ella en Kabul! Intentó recordar a la familia de Shauzia, pero no lo logró. Mientras atendía a los dos últimos clientes del día, su mente se mantuvo ausente; se sintió feliz cuando su amiga llegó corriendo a su manta.

—¿Dónde vives? —preguntó Shauzia.

Parvana señaló la dirección.

—Vamos a recoger y hablaremos mientras andamos. Toma, te he traído una cosa.

Le dio a Parvana un trocito de papel arrugado que envolvía varios duraznos secos, algo que llevaba siglos sin comer. Los contó. Había uno para cada persona de su casa y sobraba otro, que se podía comer en ese momento. Le dio un bocado, y una dulzura deliciosa se extendió por su boca.

—¡Gracias!

Guardó el resto de los orejones en su bolsillo, junto con las ganancias del día, y empezó a recoger. Hoy no le habían dejado ningún obsequio. A Parvana no le importó. Haber descubierto a Shauzia había supuesto un acontecimiento más que suficiente, por sí solo, para aquel día.

—¿Cuánto tiempo llevas haciendo esto? —le preguntó Shauzia mientras se alejaban del mercado.

—Casi un mes. ¿Y tú?

—Seis meses. Mi hermano se marchó a Irán en busca de trabajo hace casi un año, y no hemos recibido noticias suyas desde entonces. Mi padre murió repentinamente de un ataque al corazón, y me he tenido que poner a trabajar.

—A mi padre lo detuvieron.

—¿Han sabido algo de él?

—No. Fuimos a la cárcel, pero no quisieron decirnos nada. No tenemos noticias suyas.

—Lo más probable es que nunca las tengan. De la mayoría de los detenidos no se vuelve a saber nada. Desaparecen sin más. Un tío mío desapareció.

Parvana agarró del brazo a Shauzia y la obligó a parar.

—Mi padre volverá —le dijo—. ¡Él volverá!

Shauzia asintió con un gesto de la cabeza.

—Bueno, tu padre es distinto. ¿Cómo va el trabajo?

Parvana le soltó el brazo y echó a andar otra vez. Era más fácil hablar de eso.

—Unos días bien y otros mal. ¿Ganas mucho con lo del té?

—No mucho. Somos demasiados; así que no tienen necesidad de pagarnos bien. Tal vez, si trabajáramos juntas, encontraríamos un modo mejor de ganar dinero.

Parvana pensó en los regalos que le habían dejado en la manta.

—Me gustaría seguir leyendo cartas, al menos durante unas horas; pero a lo mejor se nos ocurre algo para el resto del día.

—A mí me gustaría vender cosas con una bandeja. Así podría moverme entre la gente. Pero antes necesito dinero para comprar la bandeja y algo para vender, y nunca nos sobra.

—Ni a nosotros. ¿De verdad podríamos ganar mucho de esa forma?

A veces no disponían de suficiente dinero para comprar combustible, y no podían encender la luz por la noche. Las noches se hacían, entonces, muy largas.

—Por lo que me han dicho los chicos, ganaría más que ahora. Pero ¿de qué sirve hablar de eso? ¿Echas de menos la escuela?

Las chicas siguieron charlando de sus antiguas compañeras de clase hasta que llegaron a su calle, la que tenía el monte Parvana al fondo. Era casi como antes, cuando volvían juntas a casa desde la escuela, quejándose de los profesores y los deberes.

—Vivo ahí arriba —dijo Parvana, señalando las escaleras que ascendían por el exterior del edificio—. Tienes que subir y saludar a todos.

Shauzia miró el cielo para hacerse una idea de la hora que era, y calcular si se hacía tarde.

—Sí, subiré a decir hola, pero luego tendré que marcharme corriendo. Si tu madre intenta que me quede a tomar té, deberás convencerla tú de que no puedo.

Parvana se lo prometió y subieron las escaleras.

Todo el mundo se mostró muy sorprendido cuando entró con Shauzia. La abrazaron como si fuera una vieja amiga, aunque Parvana estaba convencida de que no la habían visto nunca antes.

—Esta vez permitiré que te vayas sin tomar nada —dijo la madre—, pero ahora que sabes donde estamos, tienes que venir un día a comer con tu familia.

—Sólo quedamos mi madre, mis dos hermanas pequeñas y yo —contó Shauzia—. Mi madre no sale. Está siempre enferma. Vivimos con mis abuelos y una hermana de mi padre. No paran de discutir todo el tiempo. Yo tengo la suerte de poder salir a trabajar.

—Bueno, pues serás bienvenida en cualquier momento —le contestó la madre.

—¿Sigues estudiando? —le preguntó la señora Weera.

—A mis abuelos no les gusta que las mujeres estudien, y como vivimos en su casa mi madre dice que tenemos que hacer lo que ellos digan.

—¿No les importa que te vistas como un chico y salgas a trabajar?

—Cómo les va a importar si comen de lo que yo compro —respondió Shauzia encogiéndose de hombros.

—He pensado en organizar una pequeña clase aquí —comentó la señora Weera ante la sorpresa de Parvana—. Un colegio secreto, para un pequeño número de niñas, unas cuantas horas a la semana. Tienes que venir. Parvana te dirá cuándo.

—¿Y los *talibanes*?

—A los *talibanes* no les invitaremos —la señora Weera sonrió ante su propio chiste.

—¿Qué enseñará usted?

—Hockey sobre hierba —contestó Parvana—. La señora Weera era profesora de Educación Física.

La idea de tener una escuela secreta de hockey en el apartamento era tan ridícula que todos se echaron a reír. Cuando se fue a su casa unos pocos minutos después, Shauzia aún se reía.

Esa noche, durante la cena, hubo muchas cosas de las que hablar.

—Tenemos que ir a ver a su madre. Me gustaría que nos contara su historia para nuestra revista.

—¿Cómo piensas publicarla? —preguntó Parvana a su madre.

Fue la señora Weera la que dio una respuesta.

—Mandaremos las historias en secreto a Pakistán, y allí las imprimirán. Luego volveremos a traerlas a escondidas, unas pocas revistas cada vez.

—¿Quién se va a ocupar de pasarlas? —preguntó Parvana, temiendo que le tocara a ella. Después de todo, si eran capaces de convertirla en un chico, bien podían concebir otras ideas arriesgadas.

—Otras mujeres de nuestra organización —contestó su madre—. Han venido a vernos mientras estabas en el mercado. Algunos de sus maridos nos apoyan, y nos ayudarán.

Nooria tenía algunas ideas para la escuela. Antes de que los *talibanes* cambiaran sus planes, había pensado hacerse maestra. Al principio, después de que cerraron los colegios, su padre les había dado clases a ella y a Parvana, pero, como andaba mal de salud, lo habían ido dejando.

—Yo puedo enseñar Aritmética e Historia —propuso Nooria—. La señora Weera puede dar clases de Higiene y Ciencias; mamá puede enseñar a leer y a escribir.

A Parvana no le gustaba la idea de que Nooria le diera clases. ¡Como profesora sería aún más mandona que como hermana mayor! Sin embargo, no recordaba la última vez que la había visto tan animada; así que no dijo nada.

Parvana y Shauzia se veían casi a diario en el mercado. Parvana esperaba a su amiga. Aún le daba vergüenza mezclarse con los chicos del té. Solían imaginar el día en que pudieran comprar unas bandejas y algunas cosas que vender con ellas; pero, hasta entonces, no se les había ocurrido cómo hacerlo.

Una tarde, cuando no había ningún cliente, algo aterrizó en la cabeza de Parvana. Lo escondió rápidamente. Después de asegurarse de que nadie miraba, echó un vistazo al último regalo de la mujer de la ventana. Era un precioso pañuelo blanco con rojos bordados en los bordes.

Parvana iba a agradecérselo con una sonrisa cuando llegó Shauzia.

—¿Qué tienes ahí?

Parvana se sobresaltó y se guardó el pañuelo en el bolsillo.

—Nada. ¿Cómo te ha ido hoy?

—Como siempre, pero traigo noticias. Un par de chicos que trabajan conmigo saben cómo ganar dinero. Mucho dinero.

—¿Cómo?

—No te va a gustar. De hecho, a mí tampoco me gusta, pero ganaremos más que con lo que estamos haciendo.

—¿De qué se trata?

Shauzia se lo contó. Parvana se quedó con la boca abierta.

Shauzia tenía razón. No le gustaba nada.

DIEZ

Huesos. Iban a desenterrar huesos.

—No estoy segura de que sea una buena idea —le dijo Parvana a Shauzia a la mañana siguiente. Llevaba encima su manta y las cosas para escribir de su padre. No había sido capaz de contarle a su madre lo que iba a hacer, así que no tenía ninguna excusa para dejar en casa sus herramientas de trabajo.

—Me alegro de que hayas traído la manta. Nos servirá para transportar los huesos —Shauzia ignoró las objeciones de su amiga—. Vamos. Será mejor que nos demos prisa o nos quedaremos atrás.

Eso no le parecía tan terrible a Parvana. Después de echar un vistazo al otro lado del mercado, hacia la ventana pintada y su amiga secreta, siguió obediente a Shauzia mientras corrían para alcanzar al grupo.

El cielo estaba oscuro y cubierto de nubes. Caminaron durante casi una hora a través de calles que Parvana desconocía, hasta que llegaron a una de las zonas de Kabul más destrozadas por los proyectiles. No había un solo edificio intacto en toda el área, tan solo ladrillos, polvo y escombros.

Las bombas también habían caído sobre el cementerio. Las explosiones habían reventado las tumbas. Aquí y allá, los huesos blanqueados de personas que llevaban mucho tiempo muertas se asomaban por entre la tierra rojiza. Bandadas de grandes cuervos negros y grises revolvían y picoteaban el suelo alrededor de las tumbas arrasadas, en la parte más moderna del cementerio. Una ligera brisa traía un olor a descomposición hasta el lugar donde se encontraban Parvana y Shauzia, en un extremo del sector viejo del camposanto. Estaban mirando cómo los chicos se desperdigaban por el cementerio y comenzaban a cavar.

Parvana se fijó en un hombre que instalaba una gran balanza cerca de la pared parcialmente destruida de un edificio.

—¿Quién es ése?

—El comerciante. Es el que nos compra los huesos.

—¿Qué hace con ellos?

—Se los vende a otra gente.

—¿Por qué iba a querer alguien comprar huesos?

—¿A quién le importa eso mientras paguen?

Shauzia le pasó a Parvana una de las tablas que había llevado para utilizarlas como palas.

—Ven, a trabajar.

Se acercaron a la tumba más cercana.

—¿Y si... si aún hay un cadáver? —empezó a decir Parvana—. Quiero decir, si todavía no hay huesos.

—Buscaremos una tumba de la que se asome alguno.

Dieron una vuelta, mirando. No tardaron en encontrarla.

—Extiende la manta —ordenó Shauzia—. Apilaremos en ella los huesos, y luego haremos un atado.

Parvana desplegó la manta. Deseaba encontrarse en el mercado, sentada bajo la ventana donde vivía su amiga secreta.

Las dos chicas se miraron, esperando cada una a que la otra hiciese el primer movimiento.

—Estamos aquí para conseguir dinero, ¿no? —dijo Shauzia. Parvana asintió—. Pues vamos a ello.

Agarró el hueso que asomaba del suelo y tiró de él. Salió como si fuera una zanahoria en un huerto. Shauzia lo lanzó en la manta.

Como no quería ser menos, Parvana cogió la tabla y empezó a cavar. Las bombas les habían adelantado buena parte del trabajo. Muchos huesos apenas estaban cubiertos por el polvo y era fácil sacarlos.

—¿Crees que les importará que hagamos esto?

—¿A quién?

—A la gente que está enterrada aquí. ¿Crees que les importará que los desenterremos?

Shauzia se apoyó en su tablón.

—Depende de cómo eran. Si eran gente antipática y mezquina no les gustará. Si eran personas amables y generosas, no tendrán ningún inconveniente.

—¿A ti te importaría?

Shauzia se quedó mirándola, abrió la boca para responder, volvió a cerrarla y se puso a trabajar. Parvana no preguntó nada más.

Unos minutos después, Parvana desenterró una calavera.

—¡Eh, mira esto!

Utilizó la tabla para quitar la tierra de alrededor. Luego limpió el resto con los dedos para no romper la pieza. La alzó delante de Shauzia como si fuera un trofeo.

—Se está riendo.

—Claro que sí. Está encantada de que la hayamos sacado a tomar sol después de pasar tanto tiempo a oscuras. ¿Está contenta, señora Calavera? —la movió para que dijera que sí—. ¿Lo ves? Ya te lo dije.

—Ponla sobre la lápida. Será nuestra mascota.

Parvana la depositó con cuidado sobre la piedra partida.

—Será como si fuera nuestra jefa, que nos vigila para asegurarse de que lo hacemos bien.

Limpiaron la primera tumba y pasaron a la siguiente, llevándose con ellas a la señora Calavera. Al poco rato encontraron otra que le hizo compañía. Cuando tuvieron la manta llena de huesos, había cinco calaveras sonrientes en fila.

—Tengo que hacer pipí —dijo Parvana—. ¿Qué puedo hacer?

—Yo también tengo ganas —contestó Shauzia mirando alrededor—. Allí hay una puerta —dijo señalando hacia una cercana construcción en ruinas—. Ve tú primero, yo vigilaré.

—¿A mí?

—A nuestros huesos.

—¿Tengo que ir hasta allí?

—Nadie te está mirando. O lo haces, o te aguantas.

Parvana asintió y dejó su pala de madera en el suelo. Llevaba ya un buen rato agarrada a ella.

Cuando estuvo segura de que nadie miraba, fue hacia la entrada.

—¡Eh, Kaseem!

Parvana se volvió hacia su amiga.

—Cuidado con las minas —dijo Shauzia. Luego sonrió. Parvana le devolvió la sonrisa.

Shauzia probablemente bromeaba, pero de todos modos mantuvo los ojos bien abiertos.

—Kabul tiene más minas terrestres que flores —solía decir su padre—. Las minas son tan abundantes como las piedras, y pueden hacerte volar por los aires sin previo aviso. Acuérdate de tu hermano.

Parvana recordó el día en que un representante de Naciones Unidas llegó a su clase con un gráfico que mostraba los diferentes tipos de minas terrestres. Intentó acordarse del aspecto que tenían. Sólo sabía que algunas parecían juguetes. Eran minas especiales para matar niños.

Parvana escudriñó la oscuridad desde la puerta. A veces, los soldados dejaban minas en los edificios cuando abandonaban una zona. ¿Habría dejado alguien una mina allí? ¿Explotaría si entraba?

Sabía que tenía tres opciones. La primera era no orinar hasta volver a casa. Estaba descartada. La verdad, no podía aguantar mucho más. Otra opción era hacerlo fuera del cementerio, donde la gente podría verla y descubrir que era una chica. La tercera era adentrarse en la oscuridad, hacer sus necesidades, y esperar que no estallara nada.

Se decidió por la tercera. Tomó aire y musitando una oración, atravesó la puerta. No hubo ninguna explosión.

—¿No había minas? —preguntó Shauzia.

—Las he retirado del camino —bromeó Parvana, aunque todavía estaba temblando.

Cuando volvió Shauzia hicieron un atado con los huesos de la manta, donde también habían echado las calaveras, y lo llevaron hasta donde estaba el comprador con su balanza. Tuvo que pesarlos en tres tandas. Sumó las cantidades, les ofreció un precio y contó el dinero.

Parvana y Shauzia no comentaron nada hasta que se alejaron. Temían que se hubiera equivocado y les hubiese pagado de más.

—Es lo que gané en tres días la semana pasada —dijo Parvana.

—¡Te dije que sacaríamos buen dinero! —contestó Shauzia mientras le entregaba la mitad—. ¿Lo dejamos por hoy o seguimos cavando?

—Seguimos, por supuesto.

Su madre la esperaba a comer, pero ya se le ocurriría algo.

A media tarde se abrió un claro en el cielo. Un rayo de sol brilló sobre el cementerio.

Parvana le dio un codazo a Shauzia y las dos se quedaron mirando, por encima de los montículos de las tumbas vacías, a los chicos sudorosos y manchados de polvo, y las pilas de huesos blancos que relucían bajo la repentina luz.

—Tenemos que recordar esto —dijo Parvana—. Cuando las cosas se arreglen y nos hagamos mayores, debemos recordar que hubo un día, cuando éramos niñas, que estuvimos en un cementerio desenterrando huesos para venderlos y dar así de comer a nuestras familias.

—¿Nos creerá alguien?

—No, pero nosotras sabremos que fue así.

—Cuando seamos viejas y ricas, tomaremos té juntas y hablaremos de este día.

Las chicas se apoyaron en sus palas de madera y miraron cómo trabajaban los otros chicos. Después, el sol se ocultó de nuevo y volvieron a la tarea. Llenaron otra vez la manta antes de dar por terminado el trabajo.

—Si llevamos este dinero a nuestras familias se lo gastarán todo y nunca tendremos suficiente para comprar las bandejas —dijo Shauzia—. Creo que deberíamos guardar algo.

—¿Vas a contarles lo que has hecho hoy?

—No —contestó Shauzia.

—Yo tampoco —indicó Parvana—. Les daré sólo lo que gano normalmente, puede que un poco más. Algún día se los diré, pero no ahora.

Se despidieron después de quedar en encontrarse a primera hora del día siguiente, para seguir desenterrando huesos.

Antes de llegar a su casa, Parvana se dirigió al grifo del agua. Tenía la ropa manchada. La limpió lo mejor que pudo, sacó el dinero del bolsillo, e hizo dos partes. La mitad la guardó para dársela a su madre y el resto lo ocultó en la bolsa, con el papel de escribir de su padre.

Por último, metió la cabeza bajo el grifo, esperando que el agua fría se llevara las imágenes de lo que había estado haciendo durante todo el día. Pero, cada vez que cerraba los ojos, veía a la señora Calavera y a sus compañeras alineadas encima de las tumbas, sonriéndole.

ONCE

—Estás toda empapada —dijo Maryam
cuando Parvana entró por la puerta.

—¿Te encuentras bien? —preguntó su madre corriendo a su lado—. ¿Dónde estabas? ¿Por qué no has venido a comer?

—He estado trabajando —respondió Parvana. Intentó alejarse, pero su madre la sujetaba con firmeza por los hombros.

—¿Dónde has estado? —repitió su madre—. ¡Estábamos aterrorizadas pensando que podían haberte detenido!

De repente, a Parvana se le vino encima todo lo que había visto y hecho durante ese día. Se agarró al cuello de su madre y se puso a llorar. Su madre la abrazó hasta que se hubo calmado y pudo hablar.

—Ahora, cuéntame dónde has estado hoy.

Parvana era incapaz de decírselo a la cara, así que optó por volverse hacia la pared para hacerlo.

—He estado excavando tumbas.

—¿Que has estado haciendo qué? —preguntó Nooria.

Parvana se apartó de la pared y se dejó caer en el *toshak*. Les contó todo.

—¿Has visto huesos de verdad? —preguntó Maryam.

La señora Weera le indicó que se callara.

—Así que a esto hemos llegado en Afganistán —dijo la madre—. ¡Desenterramos los huesos de nuestros antepasados para alimentar a nuestras familias!

—Los huesos sirven para muchas cosas —replicó la señora Weera—. Alimento para las gallinas, aceite para cocinar, jabón y botones. Había oído decir que para esas cosas se usan huesos de animales, no huesos humanos; pero supongo que los seres humanos también somos animales.

—¿Y vale la pena? —preguntó Nooria—. ¿Cuánto dinero has conseguido?

Parvana sacó el dinero que llevaba en el bolsillo y luego el que había guardado en la bolsa. Lo juntó en el suelo para que todos pudieran verlo.

—Todo eso por excavar tumbas —manifestó la señora Weera suspirando.

—Mañana volverás a leer cartas. ¡Se acabó lo de escarbar! —exclamó la madre—. ¡No estamos tan necesitadas!

—No —respondió Parvana.

—¿Cómo dices?

—No quiero dejarlo aún. Shauzia y yo vamos a comprar un par de bandejas y algunas cosas para vender. Así podré moverme entre la gente, en vez de esperar a que lleguen hasta mí. Y podré ganar algo más de dinero.

—Nos arreglamos bien con lo que ganas leyendo cartas.

—No, mamá, no nos arreglamos bien —dijo Nooria.

Su madre se volvió para regañarla, pero Nooria continuó hablando.

—No nos queda nada que vender. Con lo que Parvana trae podemos comer *nan*, arroz y té, pero nada más. Necesitamos dinero para el alquiler, para el gas, para el combustible de las lámparas. Si puede ganar dinero así, y está dispuesta a hacerlo, creo que deberíamos permitírselo.

Esta vez la sorprendida fue Parvana. ¿Nooria poniéndose de su parte? Nunca había sucedido nada parecido.

—¡Menos mal que tu padre no está aquí para ver la falta de respeto con la que me tratas!

—Esa es la cuestión —dijo suavemente la señora Weera—. Su padre no está aquí. Son tiempos extraños que exigen que la gente normal haga cosas extrañas simplemente para salir del paso.

Al final, su madre cedió.

—Tienes que contarme todo lo que suceda —le pidió a Parvana—. Lo contaremos en la revista para que todo el mundo lo sepa.

A partir de ese momento, la madre mandaba a Parvana al trabajo con un poco de *nan* envuelto para comer. «Como no vendrás al mediodía...» Aunque Parvana pasaba mucha hambre a lo largo del día, era incapaz de ponerse a comer en medio de aquel campo de huesos. Daba su pan a uno de los muchos mendigos de Kabul; así alguien, al menos, lo aprovechaba.

Al cabo de dos semanas, tenían suficiente dinero para comprar las bandejas y unas cintas para llevarlas colgadas del cuello.

—Deberíamos vender cosas que no pesen mucho —propuso Shauzia.

Se decidieron por los cigarrillos, que podían

comprar en cartones y vender por paquetes o sueltos. Las cajas de fósforos rellenarían los huecos vacíos de la bandeja.

—¡Se acabaron mis días de chico del té! —dijo Shauzia satisfecha.

—Yo me conformo con estar lejos del cementerio —contestó Parvana.

Estaba aprendiendo a caminar y equilibrar la bandeja al mismo tiempo. No quería que sus preciosas mercancías acabasen en el suelo.

De vuelta al mercado, cuando casi había finalizado la mañana, sintió que algo le golpeaba, de nuevo, en la cabeza.

«Cada vez tiene mejor puntería», pensó Parvana. Dos aciertos seguidos.

Esta vez, el regalo era una bola de madera roja. Parvana la hizo rodar entre sus dedos preguntándose cómo sería la mujer que se la mandaba.

Una vez que dejó de ir al cementerio, pudo volver a salir con Nooria y los pequeños a mediodía. Nooria había cambiado. Llevaba siglos sin decirle nada desagradable a Parvana.

«O quizá sea yo la que he cambiado», pensó. Sencillamente, ya no tenía sentido discutir.

Por la tarde, se encontraba con Shauzia y las dos recorrían Kabul en busca de clientes. No ganaban tanto como en el cementerio, pero no les iba mal. Parvana estaba empezando a conocer la ciudad.

—Qué multitud —dijo un viernes Shauzia, señalando hacia el campo de deportes.

Miles de personas se dirigían allí.

—¡Fantástico! —exclamó Parvana—. Querrán fumar y masticar chicle mientras ven el partido de fútbol. Lo venderemos todo. ¡Vamos!

Corrieron hacia la entrada del campo tan rápido como podían sin tirar los cigarrillos. Varios soldados *talibanes* estaban apurando a la gente. La empujaban, gritando. La forzaban a avanzar mientras blandían sus bastones para persuadir a los más remolones.

—Será mejor que no nos acerquemos a esos tipos —sugirió Shauzia.

Se mezclaron con un grupo de hombres y se colaron en el estadio.

Las gradas estaban casi llenas. Las dos chicas se sintieron un poco intimidadas al ver tanta gente. Se mantuvieron cerca la una de la otra, mientras subían las gradas para vender sus mercancías.

—Esto está demasiado tranquilo para tratarse de un partido de fútbol —dijo Shauzia.

—Aún no ha comenzado. Puede que la cosa empiece a animarse cuando los jugadores salgan al campo.

Parvana había visto competencias deportivas en televisión y la gente en las gradas estaba siempre dando vítores.

Allí nadie parecía especialmente animado. Los hombres no tenían aspecto de estar muy contentos.

—Esto es muy raro —susurró Parvana a Shauzia al oído.

—¡Mira!

Un nutrido grupo de *talibanes* salió al campo cerca de donde estaban. Las chicas se agacharon. No alcanzaban a verlos, pero los *talibanes* tampoco las podían ver a ellas.

—Salgamos de aquí —propuso Shauzia—. Nadie nos compra nada y, además, no sé por qué, pero estoy asustada.

—En cuanto empiecen a jugar nos vamos —dijo Parvana—. Si intentamos largarnos ahora, la gente se fijará en nosotras.

Salieron más hombres al campo, pero no eran jugadores de fútbol. Algunos llevaban las manos atadas a la espalda. Dos soldados sacaron una mesa que parecía muy pesada.

—Creo que son prisioneros —murmuró Shauzia.

—¿Y qué pintan unos prisioneros en un partido de fútbol? —contestó Parvana.

Shauzia se encogió de hombros.

Desataron a uno y lo obligaron a inclinarse. Varios soldados lo sujetaron mientras le estiraban los brazos sobre la mesa.

Parvana no tenía ni la menor idea de lo que estaba pasando. ¿Dónde estaban los futbolistas?

De repente, uno de los soldados sacó una espada, la alzó sobre su cabeza y la dejó caer sobre el brazo del prisionero. La sangre brotó en todas direcciones. El hombre aulló de dolor.

Al lado de Parvana, Shauzia empezó a gritar. Parvana le tapó la boca con la mano y la arrastró al suelo. El resto del estadio permanecía en silencio.

—No levanten la cabeza, muchachos —dijo una voz amable—. Ya tendrán tiempo de ver estas cosas cuando sean mayores.

Los cigarrillos y los chicles que llevaban en

las bandejas habían caído al suelo, pero los hombres que las rodeaban les ayudaron a recogerlos.

Parvana y Shauzia permanecieron agachadas entre los pies de la gente, oyendo cómo caía la hoja sobre otros seis brazos.

—Esos hombres son ladrones —gritaron los soldados a la multitud—. ¿Ven cómo castigamos a los ladrones? ¡Les cortamos las manos! ¡Fíjense bien!

Parvana y Shauzia no lo hicieron. Mantuvieron las cabezas gachas hasta que el hombre de la voz amable dijo:

—Se acabó por esta semana. Ya está, ahora pueden levantarse.

Él y otros cuantos hombres rodearon a las chicas y las escoltaron hasta el exterior del estadio.

Justo antes de salir, Parvana alcanzó a ver a un talibán joven, demasiado joven para tener barba. Sostenía en alto una cuerda en la que había cuatro manos cortadas enhebradas como las cuentas de un collar. Reía y enseñaba su trofeo a la muchedumbre. Parvana deseó que Shauzia no hubiera visto aquello.

—Vayan a casa, chicos —les indicó el hombre amable—. Vuelvan a casa y recuerden cosas mejores.

DOCE

Parvana se quedó en casa varios días. Salía a buscar agua y acompañaba a Nooria con los pequeños; por encima de todo, quería estar con su familia.

—Necesito un descanso —explicó a su madre—. No quiero ver más cosas desagradables durante un tiempo.

Fatana y la señora Weera habían oído, de otras mujeres de su grupo, historias acerca de lo que ocurría en el estadio. Algunas tenían maridos o hermanos que habían estado allí.

—Ocurre todos los viernes —dijo la madre—. ¿En qué siglo estamos viviendo?

Parvana quiso preguntar si llevarían allí a su padre, pero no lo hizo. Su madre no podía saberlo.

Durante los días que pasó en casa, ayudó a Maryam con sus cuentas, intentó aprender a coser con Nooria y escuchó las historias de la señora Weera. No eran tan buenas como las de su padre. La mayoría eran sobre partidos de hockey y otras competencias deportivas. Aun así, eran entretenidas y, además, la señora Weera ponía tanto entusiasmo en ellas que se lo contagiaba al resto.

Nadie le comentó nada a Parvana cuando se acabó el pan pero, de todos modos, ese día se levantó y se fue a trabajar. Había algunas cosas que no podían dejar de hacerse.

—Me alegro de que hayas vuelto —dijo Shauzia cuando la volvió a ver en el mercado—. Te echaba de menos. ¿Dónde has estado?

—No tenía ánimos para trabajar —contestó Parvana—. Necesitaba estar unos días tranquila.

—A mí tampoco me habrían venido mal, pero mi casa es más ruidosa que la tuya.

—¿Tu familia sigue discutiendo?

Shauzia asintió.

—En realidad, mis abuelos nunca han querido a mi madre. Ahora dependen de ella y eso les irrita. Mi madre está disgustada porque tenemos que vivir allí con ellos, no podemos ir a otro sitio. Total, que todo el mundo está enfadado. Y cuando no discuten, se quedan sentados mirándose con odio los unos a los otros.

Parvana pensó en cómo se sentía ella en casa, a veces, cuando todo el mundo se quedaba en silencio conteniendo las lágrimas. Lo de la casa de Shauzia parecía ser aún peor.

—¿Puedo contarte un secreto? —preguntó Shauzia.

Llevó a Parvana hasta un pequeño muro y se sentaron.

—Claro que puedes. No se lo diré a nadie.

—Estoy ahorrando dinero, un poco cada día. Voy a marcharme de aquí.

—¿Adónde? ¿Cuándo?

Shauzia empezó a tocar la pared rítmicamente con los talones, pero Parvana la detuvo. Había visto a los *talibanes* darle una paliza a un niño por golpear una tabla vieja como si fuese un tambor. Los *talibanes* odiaban la música.

—Me quedaré hasta la primavera —dijo Shauzia—. Para entonces, tendré un montón de dinero ahorrado; además, es mejor no viajar en invierno.

—¿Crees que deberemos seguir haciéndonos pasar por chicos en la primavera? Falta mucho hasta entonces.

—Yo pienso seguir siendo un chico —insistió Shauzia—. Si vuelvo a ser una chica, tendré que quedarme en casa. No podría soportarlo.

—¿Y adónde irás?

—A Francia. Tomaré un barco y me iré a Francia.

—¿Por qué a Francia? —preguntó Parvana.

El rostro de Shauzia se iluminó.

—En todas las fotos que he visto de Francia, el sol brilla, la gente sonríe y se ven flores. Puede que allí también tengan días malos, pero no creo que sean tan malos como los de aquí. Vi una foto de un campo entero lleno de flores moradas. Ahí es donde quiero ir. Iré a ese campo, me sentaré en medio de esas flores y no pensaré en nada.

Parvana se esforzó en recordar su mapa del mundo.

—No estoy segura de que se pueda llegar a Francia en barco.

—Claro que sí. Lo tengo todo previsto. Le diré a un grupo de nómadas que soy huérfano, y viajaré con ellos hasta Pakistán. Mi padre me contó que van y vienen con las estaciones, buscando pastos para sus ovejas. Desde Pakistán, me dirigiré al mar Arábigo, subiré a un barco y me iré a Francia —hablaba como si fuese la cosa más fácil del mundo—. Puede que el primero que encuentre no vaya directamente a Francia, pero al menos estaré lejos de aquí. Todo será más fácil una vez que esté fuera.

—¡Y lo vas a hacer sola! —Parvana no era capaz, ni siquiera, de imaginarse realizando un viaje así ella sola.

—¿Quién se va a fijar en un muchacho huérfano? —contestó Shauzia—. Nadie me prestará atención. Sólo confío en no haber esperado demasiado.

—¿Qué quieres decir?

—Empiezo a hacerme mayor —su voz se convirtió en un susurro—. Me está cambiando el cuerpo. Si cambia mucho, me volveré una chica, y me quedaré aquí atrapada. ¿Crees que estoy creciendo muy deprisa? Quizá debiera marcharme antes de la primavera. No quiero que me salgan cosas de repente.

Parvana no deseaba perder a Shauzia, pero intentó ser honesta con su amiga.

—No recuerdo cómo fue con Nooria. Yo me fijaba sobre todo en cómo le crecía el pelo. Pero no creo que se crezca de repente. Supongo que tienes tiempo.

Shauzia empezó a dar taconazos contra el

muro, de nuevo. Luego se puso de pie para no dejarse llevar por la tentación.

—Con eso cuento.

—¿Y piensas abandonar a tu familia? ¿Cómo van a comer?

—¡No puedo hacer nada! —Shauzia alzó la voz, que se quebró al intentar no llorar—. Tengo que salir de aquí. Sé que eso me convierte en una mala persona, pero ¿qué puedo hacer? ¡Me moriré si no puedo irme!

Parvana recordó las discusiones entre su padre y su madre. Su madre insistía en que se fueran de Afganistán y su padre en que se quedaran. Por primera vez, Parvana se preguntó por qué no se había ido su madre. Encontró la respuesta a su pregunta de inmediato. No podía marcharse teniendo cuatro hijos que cuidar.

—Yo quiero ser una niña normal otra vez —dijo Parvana—. Quiero ir a clase, y volver a casa, y comer algo que otro haya ganado para mí. Quiero que vuelva mi padre. Yo sólo quiero una vida normal y aburrida.

—Yo no creo que pueda volver a sentarme en un aula nunca más —dijo Shauzia—. No después de todo esto —se ajustó la bandeja con los cigarrillos—. ¿Me guardarás el secreto?

Parvana indicó que sí con la cabeza.

—¿Quieres venir conmigo? —preguntó Shauzia—. Así cuidaríamos la una de la otra.

—No lo sé.

Podía dejar Afganistán, pero ¿sería capaz de abandonar a su familia? Lo dudaba.

—Yo también tengo un secreto.

Metió la mano en el bolsillo y sacó los pequeños regalos que había recibido de la mujer de la ventana. Le dijo a Shauzia de dónde habían salido.

—¡Ah! —exclamó Shauzia—. Gran misterio. Me pregunto quién puede ser. ¡Quizá sea una princesa!

—¡A lo mejor podemos salvarla! —añadió Parvana.

Se vio a sí misma escalando el muro, rompiendo con el puño la ventana pintada y ayudando a bajar a la princesa, que iría cubierta de seda y joyas. Parvana la montaría en la grupa de su veloz caballo, y las dos atravesarían Kabul a todo galope en medio de una nube de polvo.

—Necesitaría un caballo rápido —dijo.

—¿Qué tal uno de esos? —Shauzia señaló hacia un rebaño de ovejas de pelo largo que buscaban comida entre la basura del suelo del mercado.

Parvana se rió, y las dos volvieron al trabajo.

A instancias de su madre, Parvana había comprado unos frutos secos y nueces. Nooria y Maryam los metieron en bolsitas individuales. Parvana las vendía tanto cuando estaba en su manta como con su bandeja.

Por la tarde, ella y Shauzia recorrían el mercado en busca de clientes. En ocasiones iban hasta la parada de autobuses, pero allí había mucha competencia: un montón de chicos intentando vender cosas. Corrían hasta alguien y le cerraban el paso repitiendo: «¡Cómprame chicle! ¡Cómprame fruta! ¡Cómprame cigarrillos!». Parvana y Shauzia eran demasiado tímidas para hacer lo mismo. Preferían esperar a que los clientes se vinieran a ellas.

Parvana estaba cansada. Deseaba sentarse en una clase y aburrirse con la lección de Geografía. Deseaba estar con sus amigas, y hablar de tareas y juegos, y de lo que harían durante las vacaciones. No quería saber nada más de muerte, ni de sangre, ni de dolor.

El mercado dejó de interesarle. Ya no se

reía cuando un hombre discutía con un asno tozudo. Ya no sentía curiosidad por los retazos de conversación que captaba de la gente al pasar. Por todas partes había personas hambrientas y enfermas. Las mujeres con *burka* se sentaban en el suelo y mendigaban con sus bebés estirados sobre el regazo.

Y aquello no tenía fin. Esto no eran unas vacaciones de verano que al terminar darían paso, otra vez, a la rutina. Esto era lo cotidiano, y Parvana estaba harta.

El verano había llegado a Kabul. Las flores brotaban del suelo sin preocuparse por los *talibanes* o las minas, y florecían lo mismo que en tiempos de paz.

La casa de Parvana, con su pequeña ventana, se volvió muy calurosa durante los largos días de junio. Con el calor, los pequeños estaban insoportables por la noche. Incluso Maryam había perdido su buen humor y se peleaba con los dos más pequeños. Parvana se alegraba de poder salir todas las mañanas.

Con el verano llegó a Kabul la fruta de los fértiles valles que habían salido indemnes de los bombardeos. Los días que ganaba un poco más, Parvana volvía a casa con cosas ricas para su familia. Una semana eran duraznos, otra ciruelas.

Por los pasos de montaña que habían quedado despejados, llegaban a Kabul comerciantes de todo Afganistán. Desde su manta en el mercado, y cuando andaba por ahí vendiendo cigarrillos con Shauzia, Parvana veía a gente de las tribus de Bamiyán, de la región desértica de Registán cercana a Kandahar, o del corredor de Vakhan próximo a China.

Algunas veces esos hombres se detenían y le compraban frutos secos o cigarrillos. En ocasiones, traían algo para que leyese o pedían que les escribiese alguna cosa. Ella siempre les preguntaba de dónde eran y cómo era su lugar de procedencia. Así tenía algo nuevo que contarle a su familia cuando regresaba a casa. A veces, le hablaban del tiempo. Otras, de hermosas montañas, o de los campos de amapolas cuando florecían, o de huertos llenos de fruta. También hablaban de la guerra, de las batallas que habían visto y de las personas a las que habían perdido. Parvana lo memorizaba todo.

Con el grupo de mujeres al que pertenecían, su madre y la señora Weera habían montado una pequeña escuela secreta. Nooria era la maestra. Los *talibanes* cerraban las que descubrían, así que Nooria y la señora Weera tuvieron mucho cuidado. A esta clase sólo asistían cinco niñas, incluida Maryam. Todas tenían más o menos su misma edad. Daban clase en dos grupos distintos, nunca dos días seguidos a la misma hora. A veces, las alumnas iban adonde estaba Nooria; otras Nooria iba adonde estaban ellas. Había ocasiones en que Parvana la acompañaba. Y a veces se llevaba al inquieto Alí.

—Se está haciendo demasiado grande para tenerlo en brazos —dijo Nooria a Parvana durante uno de sus paseos a mediodía. Su madre le había permitido a Nooria dejar a Alí en casa para que descansara un poco. Sólo llevaban a Maryam, que no daba problemas.

—¿Qué tal tus alumnas?

—No pueden aprender mucho con unas pocas horas a la semana; y no tenemos libros ni material. Pero aun así, creo que es mejor que nada.

Los pequeños regalos seguían cayendo en la manta de Parvana cada dos semanas. A veces, era una tela bordada. Otras, un dulce o una cuenta.

Era como si la mujer de la ventana le dijese, a su manera: «Sigo aquí». Parvana miraba atentamente en torno a la manta cada vez que abandonaba el mercado, no fuera a ser que uno de los obsequios hubiera caído fuera.

Una tarde, oyó ruidos por encima de su cabeza. Un hombre parecía muy enfadado. Gritaba a una mujer que lloraba y chillaba. Parvana escuchó golpes y más gritos. Sin pensarlo, se puso de pie y miró hacia la ventana, pero no pudo ver nada a través de los cristales pintados.

—Lo que ocurra en la casa de un hombre es asunto suyo —oyó que decía una voz a su espalda. Se dio la vuelta y vio a una persona que sostenía un sobre—. Olvídate de eso y concéntrate en tu negocio. Tengo una carta para leer.

Había pensado contarle a su familia el incidente esa noche, pero no encontró el momento. En cambio, su madre sí tenía algo que decir:

—No lo vas a creer. Nooria va a casarse.

TRECE

—¡**P**ero si ni siquiera lo conoces! —dijo Parvana a Nooria al día siguiente después de comer. Era la primera oportunidad que tenían de hablar del tema las dos solas.

—Claro que lo conozco. Nuestra familia y la suya fueron vecinas durante muchos años.

—Pero eso fue cuando era un niño. ¡Creía que querías volver a estudiar!

—Y volveré a estudiar —respondió Nooria—. ¿No escuchaste lo que dijo mamá anoche? Viviré en Mazar-i-Sharif, en el norte. En esa parte de Afganistán no hay *talibanes*. Allí las mujeres aún pueden estudiar. Sus padres tienen educación. Podré terminar mis estudios y me mandarán a la universidad de Mazar.

Todo eso estaba escrito en una carta que habían recibido mientras Parvana trabajaba. Las mujeres de la familia del novio pertenecían al mismo grupo que su madre. La carta había ido pasando de mano en mano hasta que, finalmente, llegó a su casa. Parvana la había leído, pero aún tenía muchas preguntas que hacer.

—¿Estás segura de que quieres casarte?

Nooria asintió.

—Mira cómo es mi vida aquí, Parvana. Odio vivir sometida por los *talibanes*. Estoy cansada de cuidar a los pequeños. Mis clases en la escuela son tan infrecuentes que no sirven de mucho. Aquí no hay futuro para mí. Al menos en Mazar podré ir a clase, andar por la calle sin llevar *burka*, y conseguir trabajo cuando termine mis estudios. Tal vez en Mazar pueda llevar algo parecido a una vida. Sí, claro que quiero hacerlo.

Durante los días siguientes hablaron mucho de lo que iba a pasar. Parvana, que tenía que irse a trabajar, no participaba en las discusiones. Se limitaban a contarle los planes que habían hecho cuando volvía a casa por la noche.

—Iremos a Mazar para la boda —anunció la madre—. Podemos quedarnos todos con tu tía mientras se prepara la ceremonia. Luego, Nooria se irá a vivir con su nueva familia. Volveremos a Kabul en octubre.

—¡No podemos irnos de Kabul! —exclamó Parvana—. ¿Qué hay de papá? ¿Qué pasará si sale de la cárcel y no estamos? ¡No sabrá dónde buscarnos!

—Yo estaré aquí —dijo la señora Weera—. Le contaré a tu padre dónde han ido y cuidaré de él hasta que vuelvan.

—No voy a dejar que Nooria vaya sola a Mazar —intervino la madre—. Y como tú aún eres pequeña, vendrás con nosotras.

—Yo no pienso ir —insistió Parvana. Incluso pateó el suelo.

—Harás lo que se te diga —afirmó su madre—. Tanto andar a tu gusto por las calles te ha hecho creer que vales más de la cuenta.

—¡No pienso ir a Mazar! —repitió Parvana, pataleando de nuevo.

—Ya que tus pies no paran de moverse, será mejor que vayas a dar un paseo —dijo la señora Weera—. Puedes aprovechar para traer un poco de agua.

Parvana agarró la cubeta y cerró con un portazo.

Estuvo tres días con la cara larga. Al final su madre dijo:

—Ya puedes dejar de fruncir el ceño. Hemos decidido dejarte aquí. No por tu mala conducta. Una niña de once años no tiene que decirle a su madre lo que piensa y lo que no piensa hacer. Te quedarás aquí porque sería muy difícil explicar tu apariencia. Tu tía guardaría el secreto, por supuesto; pero no podemos contar con que todo el mundo sea igual de cuidadoso. No podemos correr el riesgo de que lleguen aquí noticias de tu nueva existencia.

Aunque estaba encantada de permanecer en Kabul, Parvana descubrió que le molestaba que no la llevasen.

—Ya no estoy satisfecha con nada —le dijo a Shauzia al día siguiente.

—Lo mismo me pasa a mí —respondió—. Antes pensaba que si podía vender cosas en mi bandeja, me sentiría feliz; pero no es así en absoluto. Gano más dinero del que ganaba con el té, pero no suficiente como para que se note la diferencia. Seguimos pasando hambre. Mi familia continúa discutiendo sin parar. Nada ha mejorado.

—¿Cuál es la solución?

—Tal vez que alguien deje caer una bomba enorme sobre el país, y empezar de nuevo.

—Eso ya lo han intentado —dijo Parvana—. Sólo sirvió para empeorar las cosas.

Un miembro de la rama local del grupo de

mujeres acompañaría a la familia de Parvana hasta la ciudad de Mazar. Un hombre iría con ellas como escolta oficial. Si los *talibanes* preguntaban, la madre sería hermana del hombre y Nooria, Maryam y Alí sus sobrinos.

Nooria limpió el armario familiar por última vez. Parvana la observaba mientras empaquetaba sus cosas.

—Si todo va bien, estaremos en Mazar en un par de días —dijo Nooria.

—¿Estás asustada? —preguntó Parvana—. Es un viaje largo.

—No dejo de pensar en las cosas que pueden salir mal; mamá cree que todo irá bien.

Viajarían juntos en la parte trasera de un camión.

—Tan pronto como salga de territorio talibán me quitaré el *burka* y lo haré mil pedazos.

Parvana fue a comprar, al día siguiente, algo de comida para el viaje. También quería traer un regalo para Nooria. Vagabundeó mirando los objetos que había a la venta. Al final, se decidió por una pluma con un estuche decorado. Así, cada vez que Nooria la utilizara en la universidad, y después, cuando se convirtiera en maestra, pensaría en Parvana.

—Estaremos fuera la mayor parte del verano —le recordó a Parvana su madre, la noche antes de su partida—. Estarás bien con la señora Weera. Haz lo que ella te diga, y no le des problemas.

—Parvana y yo nos haremos buena compañía —dijo la señora Weera— y, para cuando vuelvan, la revista habrá llegado de Pakistán, impresa y lista para ser distribuida.

Salieron muy temprano al día siguiente. Era una fresca mañana de mediados de julio, aunque ya se anunciaba el calor que haría más tarde.

—Será mejor que nos vayamos —indicó la madre.

Como no había nadie en la calle, su madre, Nooria y la señora Weera se habían levantado los *burkas* y se les podía ver la cara.

Parvana besó a Alí, que se revolvió y protestó, malhumorado porque lo habían despertado tan temprano. Su madre lo instaló en el suelo del camión. Después de que Parvana se despidiera de Maryam, la subieron también al camión.

—Nos veremos a mediados de septiembre —le dijo su madre a Parvana mientras la abrazaba—. Haz que me sienta orgullosa de ti.

—Lo haré —contestó, intentando no llorar.

—No sé cuándo volveremos a vernos —manifestó Nooria antes de subirse también. Llevaba el regalo de Parvana apretado en la mano.

—No pasará mucho tiempo —dijo Parvana, sonriendo, aunque se le saltaban las lágrimas—. En cuanto tu marido se dé cuenta de lo mandona que eres, te devolverá a Kabul.

Nooria rió y subió al camión. Ella y su madre se cubrieron con los *burkas*. La mujer del grupo local y su marido iban en el asiento delantero. Parvana y la señora Weera agitaban las manos mientras las veían partir y el camión se perdía de vista.

—Creo que nos vendría bien una taza de té —propuso la señora Weera, y subieron al apartamento.

Las semanas siguientes fueron extrañas para Parvana. El apartamento, que ahora sólo ocupaban ella, la señora Weera y su nieta, parecía casi vacío. Menos gente significaba menos tareas domésticas, menos ruido y más tiempo libre. Pero ahora, Parvana echaba en falta incluso cuando Alí se ponía a dar guerra. Según iban pasando las semanas, cada vez deseaba más que todos volvieran.

Aunque le agradaba disponer de más tiempo libre. Por primera vez desde la detención de su padre, sacó los libros del escondite del armario. Después de cenar, pasaba las horas leyendo y escuchando las historias de la señora Weera.

Ésta confiaba en ella.

—En algunas partes del país las chicas de tu edad están ya casadas y con niños —dijo—. Estoy aquí por si me necesitas, pero si quieres hacerte responsable de ti misma, también me parecerá bien.

Insistió en que Parvana se guardara parte de lo que ganaba. En ocasiones, Parvana invitaba a comer a Shauzia en uno de los puestos de *kebab* del mercado. Buscaban un lugar escondido para hacer sus necesidades y pasaban todo el día trabajando. Parvana prefería volver a casa al terminar la jornada, en vez de a la hora de comer, porque eso quería decir que había transcurrido otro día y que su familia volvería pronto.

Hacia finales de agosto hubo una gran tormenta. Shauzia ya se había ido a casa. Había visto cómo se cubría el cielo, y no quería mojarse.

Parvana no fue tan lista, y le agarró la lluvia. Protegió su bandeja con las manos para que no se le mojaran los cigarrillos, y se refugió en un edificio bombardeado. Esperaría allí hasta que pasara la tormenta y, entonces, volvería a casa.

La luz de afuera hacía que el interior del recinto pareciera aún más negro. Le llevó un tiempo adaptarse a la oscuridad. Mientras, se apoyó en el quicio de la puerta observando cómo la lluvia transformaba el polvo de Kabul en barro.

Las ráfagas de viento empujaban el agua y Parvana tuvo que adentrarse aún más. Esperando no encontrar minas, buscó un sitio seco donde sentarse. La lluvia golpeaba rítmicamente el suelo. Parvana empezó a dar cabezadas. Poco después estaba dormida.

Cuando despertó, había dejado de llover, aunque el cielo seguía cubierto.

—Debe de ser tarde —dijo en voz alta.

Fue entonces cuando escuchó el llanto de una mujer.

CATORCE

El sonido era tan suave y triste que no se asustó.

—¿Hola? —llamó Parvana, en voz baja.

Estaba tan oscuro que no alcanzaba a ver dónde estaba la mujer. Parvana revolvió en su bandeja hasta que encontró una caja de fósforos de los que vendía con los cigarrillos. Frotó uno y apareció la llama. Lo mantuvo en alto y se puso a buscar a la mujer que lloraba.

Gastó tres fósforos más hasta que pudo ver una figura apoyada en un muro cercano. Y otros tantos, hasta que estuvo cerca.

—¿Cómo te llamas? —preguntó Parvana.

La mujer siguió llorando.

—Te diré cómo me llamo yo. Soy Parvana. Debería añadir que mi nombre es Kaseem, porque finjo ser un chico. Voy vestida así para poder ganarme algún dinero, pero en realidad soy una chica. Ya conoces mi secreto.

La mujer no respondió. Parvana echó una

mirada hacia la puerta. Se estaba haciendo tarde. Si quería llegar a casa antes del toque de queda, tenía que irse ya.

—Ven conmigo —propuso—. Mi madre está fuera, pero en casa está la señora Weera. Ella puede solucionar cualquier problema.

Encendió otro fósforo y lo puso a la altura de la cara de la mujer. De pronto, cayó en la cuenta de que podía ver su rostro. No lo llevaba tapado.

—¿Dónde está tu *burka*? —miró a su alrededor, pero no vio ninguno—. ¿Has salido sin él?

La joven asintió.

—¿Qué haces en la calle sin *burka*? Te puedes buscar muchos problemas por eso.

La otra se limitó a agitar la cabeza.

A Parvana se le ocurrió una idea.

—Esto es lo que haremos. Iré a casa, le pediré prestado el *burka* a la señora Weera y lo traeré. Luego volveremos juntas. ¿De acuerdo?

Parvana fue a ponerse en pie, pero la joven se agarró de su brazo.

Parvana miró otra vez hacia la puerta. Anochecía.

—Tengo que decirle a la señora Weera dónde estoy. No le importa que pase el día fuera, pero si se hace de noche y no he vuelto, se preocupará.

La joven seguía sin dejarla marcharse.

Parvana no sabía qué hacer. No podía quedarse allí toda la noche, pero estaba claro que aquella muchacha asustada no quería quedarse sola. Buscó a tientas la bandeja, y encontró dos bolsitas con frutos secos y nueces.

—Toma —dijo tendiéndole una—. Pensaremos mejor si comemos algo.

La joven devoró los frutos.

—Debes estar muerta de hambre —manifestó Parvana, pasándole otra bolsa.

Parvana masticó, pensó y finalmente tomó una decisión.

—Esto es lo mejor que se me ocurre. Si tienes otra idea, me la cuentas. Si no, esto es lo que haremos. Esperaremos a que esté muy, muy oscuro. Luego iremos a mi casa. ¿Tienes un *chador*?

La muchacha negó con la cabeza. Parvana deseó tener allí su *pakul*, pero era verano, así que lo había dejado en casa.

—¿Estás de acuerdo? —le preguntó Parvana.

La otra asintió.

—Bien. Creo que deberíamos acercarnos a la puerta. Así, cuando oscurezca, veremos la salida sin necesidad de encender un fósforo. No quiero llamar la atención.

Tirando de ella un poco, Parvana consiguió ponerla de pie. Con cuidado se colocaron en un punto de la salida oculto a la vista de cualquier transeúnte que pudiera pasar por delante. Esperaron en silencio.

Kabul de noche era una ciudad oscura. Llevaba más de veinte años sometida al toque de queda. Muchas de las luces de las calles habían sido destrozadas por las bombas y, las que aún quedaban, no funcionaban.

«Kabul era el lugar más atractivo de Asia central —solían comentar su madre y su padre—. Paseábamos por la calle a medianoche tomando helados. A última hora de la tarde, curioseábamos en las tiendas de discos y libros. Era una ciudad luminosa, progresista y animada.»

Parvana no podía imaginar cómo había sido por aquel entonces.

No pasó mucho tiempo antes de que se hiciese completamente de noche.

—No te separes de mí —ordenó Parvana, aunque no tenía de qué preocuparse. La muchacha se había agarrado a su mano con todas sus fuerzas—. No queda lejos, pero no sé cuánto tiempo tardaremos en llegar. Tranquila.

Sonrió, intentado parecer valiente. Sabía que estaba demasiado oscuro para que ella pudiera ver su sonrisa, pero Parvana se sintió mejor.

—Soy Malali, que guía a las tropas a través de territorio enemigo —murmuró para sí.

Eso también le sirvió de ayuda, aunque era difícil sentirse la heroína de una batalla con una bandeja de cigarrillos colgada al cuello.

Las estrechas y tortuosas calles del mercado parecían diferentes por la noche. Parvana podía escuchar el eco de sus pasos a lo largo de los angostos callejones. Estuvo a punto de pedir a su compañera que caminase sin hacer ruido; los *talibanes* consideraban un crimen que una mujer hiciera algún sonido al andar, pero cambió de idea. Si la descubrían después del toque de queda en compañía de una mujer sin *burka* o sin algo que le cubriera la cabeza, el ruido que hiciera sería el menor de sus problemas. Parvana recordó la escena del estadio. No quería imaginar lo que sufrirían ella y su acompañante.

Parvana vio luces que se acercaban y empujó a la muchacha hacia un portal; permanecieron allí hasta que un camión cargado de soldados pasó de largo. Estuvieron a punto de tropezar varias veces por lo irregular del pavimento. Y durante un largo, aterrador minuto, Parvana creyó que se había perdido. Al final, logró orientarse y siguieron avanzando.

Cuando alcanzaron su calle, Parvana empezó a correr arrastrando a la muchacha tras ella. A esas alturas estaba ya tan asustada que pensó que si no llegaba a casa inmediatamente, se derrumbaría.

—¡Ya has vuelto! —la señora Weera se sentía tan aliviada que abrazó a Parvana y a la joven antes de darse cuenta de lo que hacía—. ¡Has traído a alguien! Sé bienvenida, querida —dirigió una mirada crítica a la recién llegada—. Parvana, ¿no la habrás traído así por la calle? ¿Sin *burka*?

Parvana le explicó lo que había sucedido.

—Creo que tiene un problema —dijo.

La señora Weera no lo dudó un momento. Rodeó con el brazo a la joven.

—Ya nos darás los detalles más tarde. Hay agua para que te laves, y comida caliente para cenar. ¡No pareces mucho mayor que Parvana!

Parvana miró detenidamente a su compañera. Hasta entonces no la había visto a la luz. Aparentaba ser más joven que Nooria.

—Pásame ropa limpia —le pidió la señora Weera a Parvana.

Ella sacó del armario un *shalwar kameez* de su madre. La señora Weera se llevó a la joven al baño y cerró la puerta.

Parvana preparó su bandeja para el día siguiente, y extendió el mantel en el suelo. Cuando hubo terminado de colocar el pan y las tazas para el té, la señora Weera salió del baño con su invitada.

Vestida con la ropa de su madre, y con el pelo lavado y recogido, la muchacha parecía menos asustada y cansada. Consiguió beber media taza de té y tomar unos bocados de arroz antes de caer dormida.

Seguía durmiendo cuando Parvana salió a trabajar a la mañana siguiente.

—Tráeme un poco de agua, por favor —le encargó la señora Weera antes de que se fuera al mercado—. Hay que lavar la ropa de esta pobre muchacha.

Esa noche, después de cenar, la joven pudo al fin hablar.

—Me llamo Homa —dijo—. Huí de Mazar-i-Sharif cuando los *talibanes* tomaron la ciudad.

—¡Los *talibanes* han tomado Mazar! —exclamó Parvana—. ¡No puede ser! ¡Mi madre está allí! ¡Mi hermano y mis hermanas están allí!

—¡Los *talibanes* se han hecho con Mazar! —repitió Homa—. Fueron de casa en casa. Llegaron a la mía y entraron. Agarraron a mi padre y a mi hermano y se los llevaron. Los mataron allí mismo, en la calle. Mi madre empezó a pegarles y le dispararon también. Volví corriendo adentro y me escondí en un armario. Estuve allí mucho, mucho tiempo. Pensé que me matarían a mí también, pero habían terminado con nosotros. Estaban muy ocupados matando gente en otras casas.

»Al final salí de mi escondite y bajé a la calle. Había cadáveres por todas partes. Pasaron algunos soldados en un camión. Nos prohibieron tocar los cuerpos de nuestros familiares o cubrirlos. Nos ordenaron permanecer dentro de nuestras casas.

»¡Tenía tanto miedo de que volvieran por mí! Cuando se hizo de noche, salí corriendo.

Fui de un edificio a otro buscando a los soldados. Había muertos por todas partes. Los perros callejeros habían empezado a comerse algunos cuerpos. Había trozos de cadáveres en las aceras y las calles. ¡Hasta vi un perro que llevaba el brazo de una persona en la boca!

»No pude soportarlo más. Había un camión en la calle. El motor estaba en marcha. Salté a la parte de atrás y me oculté entre los bultos. Fuera donde fuera el camión, no podía ser peor que aquello.

»Viajamos durante mucho, mucho tiempo. Cuando finalmente me bajé, estábamos en Kabul. Desde el camión me dirigí al edificio donde me encontró Parvana.

Homa empezó a llorar.

—¡Los dejé allí! ¡Abandoné a mi madre, a mi padre y a mi hermano en la calle para que se los comieran los perros!

La señora Weera la estrechó en sus brazos, pero no hubo modo de consolarla. Lloró hasta que se durmió, exhausta.

Parvana no podía moverse. No podía hablar. Se le aparecía la imagen de su madre, de sus hermanas y su hermano, muertos en las calles de una ciudad extraña.

—No tenemos pruebas de que a tu familia le haya pasado algo —dijo la señora Weera—. Tu madre es una mujer inteligente y fuerte, lo mismo que Nooria. Debemos pensar que están vivas. ¡No podemos perder la esperanza!

Parvana ya la había perdido. Hizo lo que había hecho su madre. Se encogió en el *toshak*, se cubrió con un edredón y decidió quedarse allí para siempre.

Permaneció así dos días.

—Es lo que hacemos las mujeres de mi familia cuando estamos tristes —le explicó a la señora Weera.

—Pero ellas no se quedan ahí indefinidamente —respondió—. Se levantan y siguen luchando.

Parvana no contestó. No quería volver a levantarse. Estaba harta de luchar.

Al principio, la señora Weera fue amable con ella, pero ahora estaba muy ocupada con Homa y su nieta.

La tarde del segundo día, Shauzia se presentó en casa de Parvana.

—Me alegra mucho verte —saludó la señora Weera, haciendo un gesto en dirección a su amiga.

Salieron al rellano para hablar un momento sin que ella las oyese. Luego volvieron a entrar, y después de traer un par de cubetas de agua, Shauzia se sentó en el *toshak* al lado de Parvana.

Habló de cosas corrientes durante un rato: de cómo iban las ventas, de la gente que había visto en el mercado, de lo que contaban los chicos del té y otros vendedores.

—No me gusta trabajar sola —dijo al final—. No es lo mismo cuando tú no estás. ¿Por qué no vuelves?

Planteado así, Parvana sabía que no podía negarse. Sabía que tendría que levantarse. En realidad, no pensaba quedarse en aquel *toshak* hasta morir. Por una parte, quería perderlo todo de vista; pero, por otra, deseaba levantarse y seguir viviendo, y seguir siendo amiga de Shauzia. Con un pequeño empujón, el deseo de vivir venció.

Parvana se levantó de la cama y regresó a su actividad diaria. Trabajaba en el mercado, acarreaba agua, escuchaba las historias de la señora Weera y llegó a conocer a Homa. Hacía todo esto porque no sabía qué otra cosa podía hacer. Pero los días transcurrían como si estuviera en medio de una horrible pesadilla, una pesadilla de la que no podía escapar por las mañanas.

Entonces, una tarde, Parvana llegó a casa del trabajo y se encontró con dos hombres bien dispuestos que ayudaban a su padre a subir las escaleras hasta el apartamento. Estaba vivo. Al menos una parte del horror se había esfumado.

QUINCE

El hombre que había vuelto de la prisión era apenas reconocible, pero Parvana supo que era él. Aunque su *shalwar kameez* estuviera sucio y desgarrado, aunque tuviera la cara demacrada y pálida, seguía siendo su padre. Parvana se colgó de él con tanta fuerza que la señora Weera tuvo que apartarla para que lo dejara acostarse.

—Lo encontramos en el suelo, fuera de la cárcel —informó uno de los hombres—. Los *talibanes* lo soltaron, pero no podía moverse. Nos dijo dónde vivía, así que mi amigo y yo lo montamos en nuestro *karachi* y lo trajimos aquí.

Parvana se quedó en el *toshak*, agarrada a su padre y sollozando. Sabía que los hombres debían tomar un té, pero no recordó los buenos modales hasta que se levantaron para marcharse a su casa antes del toque de queda.

Se puso en pie.

—Gracias por traer a mi padre.

Los hombres se marcharon. Parvana se acercó de nuevo hacia él, pero la señora Weera la detuvo.

—Déjalo descansar. Mañana ya tendrán tiempo de hablar.

Parvana obedeció. Pasaron varios días, bajo los atentos cuidados de la señora Weera, antes de que su padre empezara a encontrarse mejor. La mayor parte del tiempo se sentía demasiado enfermo y débil para hablar. Tosía mucho.

—Esa cárcel debe de ser fría y húmeda —indicó la señora Weera.

Parvana la ayudaba a preparar caldo y se lo daba caliente a su padre con una cuchara, hasta que él fue capaz de hacerlo solo.

—Ahora eres mi hija y mi hijo —le dijo cuando tuvo suficiente fuerza como para fijarse en su apariencia. Le revolvió el pelo corto con la mano, y sonrió.

Parvana tuvo que hacer muchos viajes al grifo del agua. Su padre había sido golpeado cruelmente, y tenían que cambiar y lavar con frecuencia las vendas con las que le habían cubierto las heridas. Homa también ayudaba, sobre todo ocupándose de que la nieta de la señora Weera estuviera tranquila y no molestara.

A Parvana no le importaba que aún le costara hablar. Se sentía dichosa sólo con tenerlo en casa. Durante el día se iba a trabajar, y por las noches ayudaba a la señora Weera. Cuando su padre estuvo mejor, le leía libros.

Homa sabía un poco de inglés porque lo había estudiado en la escuela. Un día, Parvana volvió a casa después de trabajar y escuchó a su padre y a Homa hablando en inglés. Homa titubeaba mucho, pero a su padre las palabras le salían con fluidez, una detrás de otra.

—¿Hoy no has traído a casa a ninguna otra mujer culta? —le preguntó a Parvana sonriendo.

—No, padre —contestó—. Hoy sólo he traído cebollas.

Por alguna razón, aquello les pareció muy divertido y todos se rieron por primera vez desde que su padre fue arrestado.

Al menos una cosa se había arreglado en su vida: su padre estaba en casa. Tal vez el resto de la familia volvería también.

Parvana estaba esperanzada. En el mercado perseguía a los clientes como hacían los otros chicos. Cuando la señora Weera sugirió una medicina para su padre, Parvana trabajó y trabajó hasta ganar dinero suficiente para comprarla. Pareció sentarle bien.

—Ahora siento que trabajo para algo —le dijo a Shauzia un día mientras caminaban en busca de clientes—. Trabajo para que mi familia vuelva a estar junta.

—Yo también trabajo para algo —contestó Shauzia—. Lo hago para irme de Afganistán.

—¿No echarás de menos a tu familia? —preguntó Parvana.

—Mi abuelo ha empezado a buscarme un marido —respondió Shauzia—. Lo he descubierto hablando con mi abuela. Dijo que debería casarme pronto y que, como soy muy joven, conseguirá una buena dote y tendrán mucho dinero.

—¿No se lo impedirá tu madre?

—¿Qué puede hacer ella? Tiene que vivir allí. No tiene otro sitio adonde ir —Shauzia se detuvo y miró a Parvana—. ¡No me puedo casar! ¡No me quiero casar!

—¿Cómo se las arreglará tu madre sin ti? ¿De qué comerá?

—¿Qué puedo hacer yo? —contestó Shauzia, y su pregunta sonó como un gemido—. Si me quedo y me casan, mi vida habrá acabado. Si me voy, quizá tenga una oportunidad, un sitio en este mundo en el que yo pueda vivir. ¿Crees que me equivoco al pensar así? —se limpió las lágrimas—. ¿Qué otra cosa puedo hacer?

Parvana no sabía cómo consolarla.

Un día la señora Weera recibió una visita: era una de las mujeres de su grupo que acababa de llegar de Mazar. Parvana estaba trabajando, pero, en cuanto volvió, su padre se lo contó todo.

—Un montón de gente ha huido de Mazar —le dijo—. Están en campamentos de refugiados en las afueras de la ciudad.

—¿Está allí mamá?

—Es posible. No lo sabremos a menos que vayamos a los campos y la busquemos.

—¿Cómo vamos a hacer eso? ¿Te encuentras bien para viajar?

—Nunca lo estaré —dijo su padre—, pero iremos de todos modos.

—¿Cuándo nos vamos?

—Tan pronto como arregle lo del transporte. ¿Puedes llevar un mensaje de mi parte a los hombres que me trajeron desde la cárcel? Creo que con su ayuda nos pondremos en camino dentro de un par de semanas.

Parvana llevaba tiempo queriendo preguntarle una cosa a su padre.

—¿Por qué te dejaron marchar los *talibanes*?

—Si no sé por qué me detuvieron, ¿cómo voy a saber por qué me soltaron?

Parvana tendría que conformarse con esa respuesta.

Su vida estaba a punto de cambiar de nuevo. Se sorprendió de lo tranquila que estaba. Decidió que era porque su padre había vuelto.

—Las encontraremos —manifestó Parvana con total confianza—. Las encontraremos y las traeremos de vuelta a casa.

La señora Weera se iba a Pakistán.

—Homa vendrá conmigo. Allí podrá trabajar.

Iban a ponerse en contacto con el grupo que organizaba a las mujeres afganas en el exilio.

—¿Dónde estarán?

—Tengo una prima en uno de los campamentos —contestó la señora Weera—. Está esperando a que vaya a vivir allí con ella.

—¿Hay alguna escuela?

—Si no la hay, montaremos una. La vida es difícil para los afganos en Pakistán. Hay mucho que hacer.

Parvana tuvo una idea.

—¡Llévate a Shauzia contigo!

—¿A Shauzia?

—Quiere marcharse. Odia esto. ¿Puede ir con ustedes?

—Shauzia tiene familia aquí. ¿Quieres decir que piensa dejarla? ¿Abandonar el equipo sólo porque ha perdido el partido?

Parvana no dijo nada más. En cierto sentido, la señora Weera tenía razón. Pero también Shauzia. ¿Acaso no tenía derecho a buscar una vida mejor? Parvana no era capaz de decidir qué era lo correcto.

Unos días antes de partir para Mazar, Parvana estaba sentada en su manta en el mercado cuando algo le cayó en la cabeza. Era un pequeño camello hecho de cuentas. ¡La mujer de la ventana seguía viva! Estaba bien, o al menos lo bastante bien como para hacerle saber a Parvana que seguía allí. Le entraron ganas de dar saltos y bailar. Quería aullar y saludar en dirección a la ventana pintada. Pero en lugar de hacerlo, permaneció sentada en silencio, e intentó pensar en una manera de despedirse.

Ese mediodía, antes de llegar a su casa, se le ocurrió algo.

De vuelta al mercado después del almuerzo, recogió cuidadosamente algunas flores silvestres que crecían entre las ruinas de los bombardeos. Las había visto allí otras veces; esperaba no equivocarse al suponer que eran de las que brotaban todos los años. Si las plantaba en el mismo lugar donde solía poner la manta, la mujer de la ventana entendería que no iba a volver. Esperaba que las flores fueran un buen regalo, algo bonito que pudiese disfrutar.

Parvana empezó a limpiar el duro suelo. Primero con el talón. Después utilizó también las manos y una piedra que encontró cerca.

Los hombres y los chicos se reunieron a su alrededor para observar lo que hacía. Cualquier acontecimiento diferente era un entretenimiento.

—Las flores no crecerán en ese suelo —dijo alguien—. Ahí no pueden alimentarse.

—Y si crecen, las pisotearán.

—El mercado no es un sitio para flores. ¿Por qué las plantas ahí?

En medio de las burlas surgió otra voz:

—¿Es que ninguno de ustedes aprecia la naturaleza? Este chico se ha molestado en traer un poco de belleza a nuestro gris mercado. ¿Acaso se lo agradecen o le echan una mano?

Un viejo se abrió paso hasta la primera fila. Con dificultad, se arrodilló para ayudar a Parvana a plantar las flores.

—A los afganos nos gustan las cosas bonitas —dijo—, pero hemos visto tanta fealdad que, a veces, nos olvidamos de lo hermosa que puede ser una flor.

Pidió a uno de los chicos del té que andaba por allí, que le trajese un poco de agua. Cuando la tuvo, la repartió entre las plantas empapando la tierra.

Las plantas se habían doblado. No se mantenían derechas.

—¿Están muertas? —preguntó Parvana.

—No, no están muertas. Ahora parecen mustias y moribundas —dijo—, pero sus raíces están bien. Cuando llegue el buen tiempo, de ellas brotarán tallos sanos y fuertes.

El viejo prensó por última vez la tierra. Parvana y otro de los que allí estaban le ayudaron a levantarse. El anciano le sonrió a la chica y se marchó.

Parvana esperó junto a las flores hasta que no hubo gente. Cuando estuvo segura de que no la observaba nadie, miró hacia la ventana y agitó la mano rápidamente en señal de despedida. No estaba segura, pero habría jurado que alguien le devolvió el saludo.

Dos días más tarde, estaban listos para partir.

Viajarían en camión, como había hecho el resto de la familia.

—¿Seré tu hijo o tu hija? —preguntó a su padre.

—Decide tú. De cualquier modo, serás mi pequeña Malali.

—¡Miren lo que tengo aquí! —anunció la señora Weera. Cuando estuvo segura de que la calle estaba despejada, sacó varios ejemplares, de debajo de su *burka*, de la revista que había hecho su madre.

—¿No es preciosa?

Parvana echó un vistazo rápido antes de esconderla.

—Es maravillosa —contestó.

—Dile a tu mamá que se han enviado revistas a mujeres de todo el mundo. Ella ha ayudado a hacer que en otros países sepan lo que está pasando en Afganistán. Asegúrate de contarle eso. Lo que ha hecho es muy importante. Y dile que necesitamos que vuelva para trabajar en el siguiente número.

—Se lo diré.

Abrazó a la señora Weera. Ella y Homa llevaban *burkas*, pero sabía distinguirlas.

Llegó la hora de partir. De repente, justo cuando el camión estaba a punto de ponerse en marcha, apareció Shauzia.

—¡Llegaste! —dijo Parvana abrazando a su amiga.

—Adiós, Parvana —dijo. Y le entregó una bolsa de orejones—. Yo también me marcharé pronto. He conocido a unos nómadas que me llevarán a Pakistán como pastor. No esperaré a la primavera. Esto estará muy solo sin ti.

Parvana no quería decir adiós.

—¿Cuándo volveremos a vernos? —preguntó, dejándose llevar por el pánico—. ¿Cómo estaremos en contacto?

—Lo tengo todo pensado —continuó Shauzia—. Nos encontraremos el primer día de primavera dentro de veinte años.

—De acuerdo. ¿Dónde?

—En lo alto de la torre Eiffel, en París. Ya te dije que me iba a Francia.

Parvana se rió.

—Allí estaré. No nos despidamos, entonces. Digámonos sólo hasta la vista.

—Hasta la próxima —contestó Shauzia.

Parvana abrazó otra vez a su amiga y subió al camión. Se dijeron adiós con la mano, mientras el vehículo se perdía en la distancia.

«Dentro de veinte años —pensó Parvana— ¿Qué sucedería en ese tiempo? ¿Estaría todavía en Afganistán? ¿Su país hallaría finalmente la paz? ¿Volvería a la escuela, trabajaría, se casaría?»

El futuro, desconocido, se abría a lo largo del camino, frente a ella. Allí, en algún lugar, estaban su madre, sus hermanas y hermano; pero Parvana no tenía ni idea de qué otras cosas encontraría. Fuera lo que fuera, estaba preparada. Descubrió, incluso, que estaba deseando afrontarlo.

Parvana se sentó en el camión junto a su padre. Se metió un orejón de durazno en la boca y lo saboreó. A través del polvo del parabrisas pudo ver el monte Parvana, y la nieve en su cumbre, brillando bajo el sol.

GLOSARIO

Burka: vestido largo y holgado que los *talibanes* obligaron a llevar a las mujeres para salir de casa. Cubre el cuerpo de pies a cabeza y únicamente deja libre una estrecha rejilla a la altura de los ojos.

Chador: pieza de tela que las mujeres y niñas llevan para cubrirse el pelo y los hombros. Las niñas se lo ponen cuando salen a la calle.

Dari: uno de los dos idiomas mayoritarios que se hablan en Afganistán.

Eid: fiesta musulmana que se celebra al acabar el Ramadán, el mes de ayuno.

Karachi: un carro con ruedas que se empuja a mano. Se utiliza para vender mercancías en el mercado.

Kebab: trozos de carne que se pinchan en un alambre y se cocinan sobre el fuego.

Nan: pan afgano que tiene, generalmente, for-

ma plana, aunque a veces es alargado o re-
dondo.

Pakul: chal de lana gris o marrón que llevan los
hombres y los niños afganos.

Pastún: uno de los dos principales idiomas que
se hablan en Afganistán.

Shalwar kameez: traje de dos piezas formado
por una larga camisa y pantalones anchos,
que visten tanto hombres como mujeres.
Los masculinos son de un solo color, con
bolsillos a un lado y en el pecho. Los feme-
ninos tienen diferentes colores y dibujos, y a
veces llevan cuentas cosidas o complicados
bordados.

Talibanes: miembros del partido que antes go-
bernaba en Afganistán.

Toshak: colchoneta estrecha que se usa en muchas casas afganas en lugar de sillones o ca-
mas.

[SPANISH]
YA
2/4/06
9.00